夜の金糸雀《かなりあ》

おくり絵師

森 明日香

時代小説文庫

角川春樹事務所

目次

主な登場人物

おふゆ　絵師見習いの娘。絵師歌川国藤《うたがわくにふじ》のもと、住み込みで修業をしている。

歌川国藤　おふゆの師匠。米沢町《よねざわちょう》に工房兼住まいを構える。

岩《いわ》五郎《ごろう》　おふゆの兄弟子。勇壮な武者絵の巧者。

国《くに》銀《がね》　おふゆの兄弟子。国藤の門下で最も年かさ。妖怪絵を得意とする。

おりん　両国橋《りょうごくばし》の近くにある茶屋「卯の屋」のおかみ。

寅《とら》蔵《ぞう》　おりんの息子。亡き父のあとを継ぎ、「卯の屋」で菓子を作っている。

佐《さ》野《の》屋《や》喜《き》兵《へ》衛《え》　芝にある地本問屋の店主。おふゆに目をかけている。

夜の金糸雀《かなりあ》

おくり絵師

森 明日香

Asuka Mori

第一話　初しぐれ

一

小さい風呂敷《ふろしき》包みを胸に、おふゆは工房に向かっていた。吐く息が白い。日が落ちるのが早くなった。行燈《あんどん》に火を入れるまでに、さまざまな用事を済ませておきたい。

懐手《ふところで》の男や頭巾《ずきん》をかぶった女も先を急いでいる。眉根《まゆね》をきつく寄せて、誰《だれ》もが前屈《まえかが》みだ。しかし、前から来る華やかな一行に気づくと、歩をゆるめてしばし見とれた。近くにある神社で子どもが無事に育った感謝を捧げ、さらなるご加護を祈ってきたのだろう。おふゆは足を止めた。

法被《はっぴ》にねじり鉢巻きの男に担がれて、桃色の振袖《ふりそで》を着た女の子は頬《ほお》も鼻の頭も真っ赤だが、つぶらな瞳《ひとみ》は輝いている。袖《そで》や裾《すそ》にほどこされた鶴《つる》の刺繍《ししゅう》が晴れがましい。花嫁を模した角隠しで、小さな頭を覆っていた。

その後ろに、母親らしき女が続く。喜びを隠しきれない表情で娘の背中を見つめている。取り澄ました顔の小女《こおんな》は、紺地に白の屋号を染め抜いた風呂敷を抱えていた。

「いいもの見たな」

「ああ。うちの娘は来年だ。支度してやらねえと」

「おめえのところじゃ、あそこまで派手なことはできねえだろう」

道具箱を肩に担いだ男が二人、軽口を叩《たた》きながら通り過ぎる。胸に明かりが灯《とも》ったのか、二人の眼差《まなざ》しはやわらかい。

おふゆも歩きはじめた。冷たい風に胸を張る。

七五三のお祝いをしてもらった記憶はないが、幼い日の思い出はほのかな温《ぬく》もりとなって心の中にある。

おふゆは仙台《せんだい》の旅籠《はたご》で父親の顔を知らずに育ち、やがて母親と死に別れた。母親は息を引き取る間際に、お前の父親は絵を描いてた、兄弟子を頼って江戸へ行けと言い残した。旅芸人の一座に同行して江戸に向かい、歌川国藤《うたがわくにふじ》を訪ねたのは十二の年。以来、国藤の工房に住み込み、絵の修業をしている。

「ただいま帰りました」

お使いから戻ると、岩五郎《いわごろう》が店番をしていた。工房は米沢町《よねざわちょう》の表通りに店舗も構えており、色紙や短冊を壁に貼《は》ったり、台の上に並べたりして売っている。

岩五郎は、おふゆと同じ住み込みの兄弟子だ。堺《さかい》の出身で面倒見がよく、角張った顔に太い眉、飛び出たように目が大きい。

「おかみさんは台所ですか」

「そうや。おふゆは買い物か」

はい、と包みを掲げてみせた。中には、青物屋で買った生姜《しょうが》が入っている。これから寒さが厳しくなる。みんなが風邪《かぜ》を引かないようにとおなみから頼まれた。

おなみは国藤の女房だ。明るく、からりとした気性で、おふゆを実の娘のように案じ、労《いたわ》ってくれる。大きくて香りのいい生姜を買えたので、早くおかみさんに見せたい。

台所に行こうとしたら、

「おふゆ、ちょっと来い」

岩五郎に手招きされた。

「どうかしましたか」

「大変やで。見合いや、見合い」

おふゆの顔が曇った。しばしば、おなみから言われている。おふゆちゃんも年頃《としごろ》だよねと。

「困ります。わたしはまだお嫁に行くことを考えていません。それより、もっと絵の修業をしたいんです」

切羽詰まった声が出た。

「何を言うとるんや」

岩五郎は呆《あき》れたように言った。

「おふゆの話やないで」

ああ、よかったと安堵《あんど》しながら、首をひねる。

「それじゃ、岩《いわ》さんに話が来たんですね。どんな別嬪《べっぴん》さんですか」

岩五郎は美人に弱い。百合《ゆり》の花のような娘が現れたら、その場で話を決めそうだ。

「ほんまに頓珍漢《とんちんかん》やな。わしでもない」

誰の縁談だろう。まったく見当がつかない。

「聞いたら驚くで」

耳打ちする。

「……国銀《くにがね》はんや」

「ええっ」

「しっ」

声を上げたおふゆの口を岩五郎は右手でふさいだ。

国銀とは、もう一人の兄弟子だ。何かにつけて、おふゆに辛《つら》く当たる。だが、今は独立を果たして工房にいない。顔を合わせることが減ったので、気が楽になった。

「静かにせい。今な、国銀はんの親御さんが来とるんや。おかみさんも師匠の部屋におるで」

両親がそろっていると聞いて、おふゆは目を白黒させた。国銀が身を固めることは本決まりらしい。

「せやけど、国銀はんは渋い顔をしとった。気が進まんみたいやな」

よっしゃ、と手を離す。

「今日は店じまいや。気になってしゃあない。おふゆも来い」

「そんなことできません」

隣で聞き耳を立てていたことを知られたら、あとで国銀からこっぴどく叱《しか》られる。

「それに、生姜の下ごしらえをしないと」

きれいに洗っておけば、いつでも擂《す》り下ろして生姜湯を作れる。下戸《げこ》で、熱燗《あつかん》とは無縁の国藤にとって、冬の日の格別な楽しみなのだ。

台所に向かおうとしたが、

「ええから、ええから」

岩五郎はおふゆの袖をつかんだ。

「おかみさんに怒られても知りませんよ」

国銀だけではなく、おなみも目を三角にするだろう。

「平気や。わしに任せとき」

岩五郎は胸を叩くと、音を立てないように店の戸を閉めた。

気が進まないけど、仕方ない。兄弟子には逆らえない。

おふゆは、生姜を入れた風呂敷を持ったまま工房に向かった。

足音を忍ばせて工房に入ると、二人は襖《ふすま》に耳をつけて様子をうかがった。

居丈高な男の声がする。国銀の声と似ているが、もっと声が低い。父親だろうと、おふゆは見当をつけた。

「……今のは、国銀はんの親父《おやじ》さんや」

岩五郎が囁《ささや》く。やっぱりそうだった。

「実家は日本橋《にほんばし》通りで薬種問屋をやっとってのう、親父さんは金右衛門《きんえもん》、お袋さんはおとよ、兄貴は金太郎《きんたろう》といううんや」

羽振りがええでと言い添える。事情通の岩五郎は詳しく知っていた。

日本橋の界隈《かいわい》は江戸で最も賑《にぎ》わっている街だ。その表通りに店を構えているのだから、かなりの遣り手と言えるだろう。店主の名前も縁起がいい。

母親のおとよらしき声はまったく聞こえない。つけつけと、父親の金右衛門ばかりが言い募る。興奮しているのか声高に話すので、耳を澄ましていなくても話の中身が筒抜けだ。

「金太郎は嫁も取って、孫も生まれた。店をうまく切り盛りして、奉公人からの信頼も厚い。薬種問屋の会合に出ると、いい跡取りに恵まれてと言われるから鼻が高い。それに比べて、お前は何だっ」

大声で叱責《しっせき》した。

「いつまでふらふらしているっ。早く身を固めて、まともな仕事に就けっ」

勢いに呑《の》まれたのか、国藤とおなみは声を発しない。

「……絵師の仕事は遊びやないで」

岩五郎がつぶやいた。

「もう好き放題をさせるつもりはない。お前のためにいい話を持ってきた」

来たで来たで、と岩五郎は襖にぴたりと耳をつける。

「おとよの親戚《しんせき》が神田《かんだ》で薬種問屋をやっている。うちほど大きくはないが、これからおいおい盛り立てていけばいい」

銀次郎《ぎんじろう》、と金右衛門は国銀を本名で呼んだ。

「その店に婿入りしろ。一人娘の婿を探している」

国銀は無言だ。けれど、苦虫を潰《つぶ》したように顔をゆがめているのが目に浮かぶ。

「大人しい娘だから、お前が尻《しり》に敷かれることはない。そこそこ見られる顔立ちだし、役者買いをするような娘ではないから、堅い商売さえすれば、店が傾くことはない。どうだ、銀次郎。これ以上の縁談はないぞ」

何より、と語気を強める。

「同業のつながりができれば、家同士の利は大きくなる。金太郎が後ろ盾になるから、婿に入った身でも、お前は大きい顔をして暮らせる。どうしても絵を描《か》きたいなら、商売をしながら描けばいい」

金右衛門は口当たりのいいことばかり並べる。絵師をやめさせて、商いの道に引き込むのに必死だ。

「どうせ、狭っ苦しい長屋にいるんだろう。大店《おおだな》の主人になれば、広い部屋でのびのび描けるぞ」

まったく返事のないことに業を煮やし、苛立《いらだ》たしげに言う。

「何か言ったらどうだ。昔からむっつりしていて、何を考えているのかわからんやつだったが、今も変わらんな」

すかさず国銀の尖《とが》った声がした。

「師匠、私はこれにて失礼いたします」

「おいっ」

国銀は口を挟む隙《すき》を与えない。早口で畳みかける。

「私には、今日中に仕上げねばならない仕事があります。お聞き苦しいことばかりで申し訳ございませんでした」

「……あかん」

岩五郎が腰を浮かせた。逃げようとしたが、間に合わない。

襖が勢いよく開き、国銀が出てきた。おふゆと岩五郎は首をすくめた。中腰のまま動きが止まる。

国銀は二人を睨《にら》みつけた。おふゆは生姜を包んだ風呂敷をぎゅっと抱きしめる。

襖をぱしんと閉めると、国銀は何も言わずに立ち去った。へなへなと、岩五郎とおふゆはその場に座り込む。

「話のわからんやつだ」

ぶつぶつと、金右衛門が文句を言う声が襖越しに聞こえる。

「今日のところはこれで」

「あらまあ、何のお構いもしませんで。せめてお見送りを」

おなみの声がした。

「いえ、ここで結構。早く店に戻らねば」

岩五郎とおふゆは互いに顔を見合わせた。身を隠そうにも、隠れるところがない。

腰を上げたが、遅かった。

口をへの字に曲げた金右衛門が部屋から出てきた。おふゆと岩五郎は慌てて畳に手をついたが、金右衛門は一瞥《いちべつ》しただけだ。

偏屈そうな顔をちらりと見上げて、国銀にそっくりだとおふゆは思った。細面で、険のある目がよく似ている。枯れ木のように痩《や》せているのは老いたせいか。

「……本日はありがとうございました」

小声で暇《いとま》を告げる声がしたあとに、おとよがひっそりと姿を現した。かしこまっている二人を見ると、丁寧にお辞儀をして工房を出て行った。

あら、とおふゆはおとよの顔に目を留めた。泣くのを堪《こら》えているように、小さな目を瞬《また》かせている。

国銀の両親が帰ったあと、工房にはかすかな薬の匂《にお》いが残った。

「あんたたち、何してるんだい」

おなみが国藤の部屋から出てきた。襖をぴっちり閉める。

「いや、その、これは……」

岩五郎は頭をかいた。任せときと威勢のいいことを言ったのに、いざとなったら歯切れが悪い。

神妙に正座している二人を見て、おなみは苦笑した。

「気になるのも無理はないね。よりによって、国銀に見合い話とはね。おふゆちゃんだったらよかったのにさ」

そんなこと、とおふゆは顔を赤らめた。

「ほら、もう、これだものねえ。ちょっとは焦ったらどうだい。いつまでたっても、おぼこいんだから。年が明ければ二十歳《はたち》になるのにさ」

もしや、とおなみは真顔になる。

「とっくに、卯《う》の屋《や》の若旦那《わかだんな》と」

激しく首を振る。卯の屋はうまい菓子が評判の茶屋だ。おふゆも岩五郎も気に入り、よく通っている。

「ふうん。まあ、いいか」

おなみは引き下がると、眉間《みけん》に皺《しわ》を寄せた。

「……あんたらも聞いただろう」

襖の向こうにいる国藤を気にして、おなみは声を落とした。

「あの言い種《いぐさ》は何だい。絵師のことを馬鹿にしてさ。こっちは、道楽で絵を描いてるんじゃないんだ」

ぐっと堪えていた怒りがあふれ出た。目が三角に尖る。

ほんまやで、と岩五郎は大きくうなずいた。

「わしも同じことを思った。遊びやないってな」

「まったくだよ。ちいっとばかり商いがうまくいってるからって、よくもまあ、倅《せがれ》が世話になってる師匠の前で」

「あのう、これを」

声が高くなってきたおなみに、おふゆは包みを差し出した。

「違います」

「生姜を買ってきました。まだ洗っていませんが」

どれどれ、とおなみは手に取った。布地の上から匂いを嗅《か》ぐ。

「ああ、いい香りだ。見なくてもわかるよ。いい生姜を買ってきてくれたね。おふゆちゃんは買い物が上手だ」

ころりと、おなみの機嫌がよくなり、眉間の皺が消えた。

「今夜は生姜湯を飲んで、あったかくして寝ちまおう。一晩たてば、嫌なことなんてみんな忘れちまうさ」

包みを大切に抱えて、台所に向かった。

残された岩五郎とおふゆは、ほっとして肩の力を抜いた。

「ほんまに、ええ買い物してくれた。わしはおかみさんをなだめるつもりやったが、火に油を注いでしもうた」

頭をかき、笑いながら言う。

「師匠に遠慮せんで、おかみさんもやり合うたらよかったのにな。さぞかし、面白いもんが見られたで」

「岩さんっ」

ごほん、と襖の向こうから咳払《せきばら》いが聞こえた。

二

雲がなく、風が冷たい日で、障子《しょうじ》が白く冴《さ》えていた。時折、群れて飛ぶ雀《すずめ》の影が、障子を横切る。おふゆは、おなみのお下がりを仕立て直した鶯色《うぐいすいろ》の綿入れを着ていた。牡丹《ぼたん》の模様がついた火鉢を真ん中にして、おふゆと岩五郎は凧《たこ》の下絵を描いている。

来年の干支《えと》は卯《う》。おふゆは、うさぎが丸い月の上で跳ねる図にした。だが、満月を描くのが難しく、ため息をつきながら反古《ほご》を重ねる。下絵の段階から手を抜かない。板元に渡す絵と寸分違《たが》わぬように描く。

岩五郎は、鎧《よろい》に身を包んだ源《みなもとの》頼光《よりみつ》を描いていた。太い眉と鋭い眼差しが勇ましい。店頭に並んだら、江戸の男の子たちは目を輝かせて凧を見つめるだろう。

「おふゆ、ちっと休むか」

筆を絵皿の上に置いて、岩五郎が言った。

「生姜湯をこしらえましょうか」

今日はひときわ冷える。

「ええなあ、湯吞みにたっぷりもらおうかの」

おふゆは腰を浮かしかけたが、

「いや、生姜湯より」

岩五郎の思案顔を見て座り直した。

葛湯《くずゆ》の方がいいだろうか。昼間から、玉子酒を作れと言われることはないだろう。

「わしは牡丹鍋《ぼたんなべ》がええな。くつくつと煮込んだ鍋と一緒に、きゅーっと熱燗で一杯。うーん、たまらん」

火鉢を眺めて、恍惚《こうこつ》とした表情を浮かべている。牡丹の模様から鍋を思い浮かべたらしい。

「そんなもの、台所にありません。それに、わたしは食べたことがないから、作ることができません」

なんやて、と岩五郎は目を剝《む》いた。

「仙台の山奥で育ったんやろ。子どもの頃、ぎょうさん食ってたんやないんか」

「いいえ」

とんでもない、と打ち消す。

山で猪《いのしし》を狩る男たちはいたが、母親はおふゆに食べさせようとしなかった。臭いし、気味が悪いと言って。

「せっかく山におったのに、もったいないことをしたのう。あれは山鯨《やまくじら》とも言うてな、脂っこくて旨《うま》みがある。滋養たっぷりやから、風邪も引かん。考えただけで涎《よだれ》が出る」

しまりのない口元を袖で拭《ぬぐ》った。

「うまい店を知っとるから、いつか連れていってやるわ。甘辛い汁を吸ったねぎがな、どーっさり入っとるんやで」

結構です、と立ち上がる。

山鯨の店なら、前を通りかかったことがある。暖簾《のれん》の隙間から匂いが流れてきて、獣臭さに右手で鼻を覆った。

「お湯を沸かしてきますね」

脂っこい話を聞いているうちに、生姜湯を飲んでさっぱりしたくなった。

工房を出ようとしたら、国銀が入り口に立っていたので驚いた。目を丸くして棒立ちになったおふゆに、

「私は化け物かい」

国銀は顔をしかめた。

「師匠はお留守のようだね。しばらく待たせてもらうよ」

不機嫌な様子で、部屋の隅に座った。

見合い話を引っ提げて、国銀の両親が工房を訪れたのは二日前のことだ。居心地が

悪いのかもしれない。

「国銀さん、生姜湯はいかがですか」

ぴりぴりした空気をやわらげようと、おふゆは聞いた。

しかし、

「いらないよ」

素っ気なく返した。

「私は生姜の匂いが大嫌いなんだ。薬臭くてかなわない。あんなもの、口にする気がしれないね」

なんやそれ、と岩五郎はとぼけた声を出す。

「ご実家は薬を売っとるんやろ。生姜を調合するのはお手のもんやろう。慣れとるんやないんか」

国銀は横を向いたまま答える。

「だからだよ。匂いを嗅ぐと、嫌なことばかり思い出すんだ。生姜と聞いただけで、不快になる」

いつも不快そうやで、と岩五郎は茶々を入れる。

古来、生姜は薬として重宝されてきた。干して粉にしたり、蒸したりして用いられる。今頃の季節は、生姜を調合した薬が紙に包まれて、薬種問屋の棚にぎっしり入っているはずだ。

それよりな、と岩五郎は話を変えた。

「この前は大変やったなあ。親御さんまで乗り込んできて。それで、どうするんや。相手の娘とは会《お》うたんか」

見合い話を蒸し返したので、おふゆはぎょっとした。国銀が怒り出すのではないかと案じたが、岩五郎は頓着《とんちゃく》しない。さらにすり寄る。

「断るのはもったいないで。番頭にぜんぶ任せて、国銀はんは帳場に座っとればええやろ。帳簿をつけるふりして、絵を描いとったらどうや」

岩さんったら、無茶なことを言ってる。喧嘩《けんか》になるかもしれないと、はらはらしたが、

「あんなもの、放《ほう》っておけ」

国銀は顔色ひとつ変えずに言った。

「親父の戯《ざ》れ事《ごと》だ。ひょっとしたら、耄碌《もうろく》したのかもな」

「そうかのう。わしなら、喜んで話に乗るで。その娘が別嬪なら極楽やし。会うだけでも、会うてみればええのに」

「いい加減にしろ」

しつこく岩五郎がつついたら、とうとう国銀は身体《からだ》ごと向き直った。目尻がきつく吊り上がっている。お父さんにそっくりだ、とおふゆは思った。

「どこまでお目出度《めでた》いやつなんだ。商家は、そんなにのんびりしたところじゃない。絵なんて描いていたら、たちまちどやされる。朝から晩まで金勘定、欲深くて商売のためなら手段を選ばない。うちの親父がそうだった」

どこかで鬱憤《うっぷん》を晴らしたかったのか、国銀の口は止まらない。

「私はね、子どもの頃から窮屈な思いをして育ってきたんだ。二番目に生まれたから、跡取りの兄貴とはずいぶんと差をつけられた。食うもの、着るもの、どれも私は兄貴より粗末だった」

しかし、心の拠りどころがひとつだけあった。手習所で、半紙の隅に落書きをすることだ。

文字を書くよりも、いたずら坊主や師匠の顔をこっそり描く方がはるかに面白い。紙を無駄にするなと、師匠から拳骨《げんこつ》を食らったが。それでも、落書きをやめることはなかった。

「親父は、金の儲《もう》からない生き方を見下しているんだ。絵描きなんざ子どもの遊びとしか思っていない」

挙げ句の果てに。

「家業の役に立つから婿に入れとはね。呆れて、物を言う気力もなくなったよ。私は商売の道具じゃない」

じろりと、冷たい眼差しをおふゆに向けた。

「あんたは父親に夢を見ているけどね、そんなのは思い込みだよ。いなくなったら、どれだけせいせいすることか」

心が凍りつくような言葉に、おふゆの表情が硬くなる。

「……何てことを」

「何を言おうと、私の勝手だろっ」

本当に嫌になる、と怒りを撒《ま》き散らす。

「親父も女弟子も気に入らない。顔を合わせると、くさくさする。本当にいなくなっちまえばいいんだ」

日頃から国銀の暴言には慣れているつもりだ。しかし、あまりにも辛辣《しんらつ》な物言いに、おふゆは何も言えなくなった。

そこへ、

「来ておったのか」

国藤が帰ってきた。おふゆばかりではなく、国銀もまたほっとした顔をする。

「師匠にお話ししたいことがございます。よろしいですか」

国銀は座り直し、畳に手をついた。

「うむ」

瞬時に、国藤は三人の顔を見渡した。

「茶屋にでも行くか」

「けれど、お戻りになったばかりではありませんか」

「気にするな。外で話を聞こう」

ありがとうございます、と国銀は頭《こうべ》を垂れた。岩五郎たちには聞かせたくなかったのか、安堵したように見える。

国藤が国銀を連れて出て行くと、おふゆは火鉢のそばに腰をおろし、ため息まじりに言った。

「……あんなに悪く言わなくても」

なんて罰当たりな。本当の親御さんなのに。

「しゃあない」

岩五郎は乾いた声で返した。

えっ、とおふゆは眉を上げた。岩さんならわかってくれると思っていた。まさか、国銀さんをかばうようなことを言うなんて。

おふゆの不満を嗅ぎとり、岩五郎は苦い顔をした。

「決めつけん方がええで。わしかてな、親と離れとるからうまくいっとるのかもしれん」

「そうでしょうか」

岩さんは堺のご両親と仲がいい。国銀さんとは違う。

口をつぐんだおふゆに、

「わからんやっちゃなあ」

火鉢に手をかざしながら言った。

「おかんは世話焼きやからな、うっとうしく思ったこともあったんや。家におるのが嫌でのう、悪いところに出入りしたこともある。そん時は、さんざんおかんを泣かせてしもうた」

二の句が継げずに、おふゆはうつむいた。話したくないことを無理に言わせてしまったのかもしれない。

「さいころと同じや。丁が出るか、半が出るか。人はどっちの目も持っとる。厄介なことに、いつも同じ目が出るとは限らん。嫌なことがあったり、合わんやつがおったりすると、たちまちさいころがひっくり返ってな、悪い目が出てしまうんや」

岩さんが出入りしていた悪いところって、賭場《とば》かしら。

だけど、おかしい。

「飲むだけだって、前に言ってましたよね」

打つも買うもせん、と。

「心配するな。江戸に来てからは、やっとらん」

岩五郎はからりと笑う。つられて、おふゆの口元がほころんだ。

「せやから、わしは江戸で骨を埋《うず》めるつもりや。堺に戻ったら親不孝の目が出るかもしれんやろ」

江戸にいるつもりだと聞いて、おふゆは心強く思った。岩五郎ほど、親身になってくれる兄弟子はいない。

「わしと違《ちご》うて、国銀はんは大きい店のぼんぼんやろ。親子のことは、もっと面倒で難儀やで」

「そうなんですか」

「身代が大きゅうなればなるほど、欲は深くなるし、家の者に望むことがぎょうさん増えるんや」

あの店はな、と語りはじめた。

「国銀はんの親父さんで二代目なんや。先代は薬の行商をやっとってな。若い頃に、越中《えっちゅう》から江戸に出てきたんやと」

ずいぶん昔のことまで知っている。びっくりしながら、おふゆは耳を傾けた。

「先代が亡くなったあと、日本橋に店を構えたのが親父さんや。そこからは、押しも押されもせん薬種問屋として一目置かれるようになったんやで。おふゆ、知っとるか。日本橋の表通りにはな、薬種問屋がひしめいとるんや。そこで長く商いを続けるには、相当な才覚が要る。あの親父さんは大したもんなんやで」

若旦那も立派やし。

「国銀さんのお兄さんですか」

あの日、金右衛門はさんざん自慢していた。引き合いに出される国銀が気の毒になるほどに。

「そうや。けど、ちぃっとばかり不憫《ふびん》やな」

「国銀さんのことですね」

いちいち比べられたら、しんどくなるだろう。

「いや、そうやない。若旦那の金太郎さんや」

どうしてかしら。どこからも評判のいい孝行者なのに。

「ほんまに、好きで商いをしとるのかのう。跡継ぎやからしゃあないって、諦《あきら》めとるだけかもしれんで。それに、何でもはいはいと、親の言うことばっかり聞いとって。わしやったら嫌になる」

下世話なことや、と肩をすくめた。

人の胸の内は、話してもらわなければわからない。岩さんのように、ひっそりとしまい込んだ思いがお兄さんにもあるのだろう、とおふゆは考えた。

「……それにしても驚きました」

「そうやろ。国銀はんの実家はすごいで」

「いいえ。岩さんです」

「わしが。なんでや」

「いろいろなことをよく知っていますね」

驚いたというより、呆れた。

「そりゃそうや。噂話《うわさばなし》ほど、うまい肴《さかな》はないからのう。酒が進むでぇ」

岩五郎は喉《のど》をのけ反らせたが、すぐに真顔になる。

せやけど、と腕を組んで言った。

「一体、何の話をしに来たんやろ。気になるな。国銀はん、深刻な顔をしとったで。口ではあんなこと言うてたけど、やっぱり見合いの話やろか」

「どうでしょう……」

何の話にしても、わたしたちの耳には入れたくなかったんですよ。

言いかけて、口を閉じた。それは、岩五郎にとって寂しいことだ。水くさいように感じられて。

「この前、ここで聞き耳を立てていたのが悪かったんやろな。今頃、師匠と二人で、しょうもない野次馬やって、悪口言っとるで」

さあてと、声を張り上げる。

「もうひとふんばりするかのう」

岩五郎は筆に墨をつけた。

おふゆは、うさぎの下絵をじっと見つめた。南天の目を入れた雪うさぎの短冊を描いたとき、国藤に見せたら褒められた。思い入れのある画材だから嬉《うれ》しかった。

自分と父親をつなぐものは南天の色紙だけ。文箱《ふばこ》に収めて大切にしている。

国銀が言うとおり、本物の父親を知らず、夢を見ているだけなのか。だが、南天の色紙が自分のために描かれたことを思うと、おふゆの心は慰められる。

「で、生姜湯はまだか」

ぼんやりしているおふゆに、岩五郎は声をかけた。

「口直しに頼むで。熱うしてな」

「はい、今すぐに」

香りのいいところをたくさん摺り下ろして、熱々のお湯を注ごう。

三

国藤から言付けを預かり、おふゆは深川《ふかがわ》の地本問屋《じほんといや》に出かけた。

両国橋《りょうごくばし》を渡り、それから一つ目橋《ひとつめばし》、万年橋《まんねんばし》といくつかの橋を越えながら南に向かう。川の上を吹く風は、身を切るように鋭く冷たい。襟元をきっちりと合わせて、足早に橋を渡る。

箱看板が見えたところで、おふゆは立ち止まった。店先に国銀の父親、金右衛門がいたからだ。国銀にそっくりな横顔を見間違えるはずがない。

店では、通りを歩く客の目に触れるように、色鮮やかな錦絵《にしきえ》を壁に貼ったり、台の上に並べたりしている。役者絵ばかりではない。江戸名所を描いた錦絵もある。

金右衛門は熱心に錦絵を見比べていた。

空は灰色の雲に覆われ、あたりは薄暗い。今にも細かい雪が落ちてきそうだ。あでやかな美人絵が軒下で翻っていても、足を止めて見入る客はいない。金右衛門は黒い足袋《たび》に雪駄《せった》を履いているが、足元から冷えが上りそうだ。

金右衛門の様子を見ながら、おふゆは首を傾《かし》げた。

国銀さんが絵を描くことを快く思っておらず、それどころか、やめることを望んでいる。それなのに、どうしてこの店にいるのだろう。

じっと見つめていたら、急に金右衛門が胸を押さえた。そのままうずくまり、動かなくなった。

「どうかしましたか」

金右衛門のそばに駆け寄った。紫色の唇が震えている。額には脂汗がにじんでいた。

「誰か、誰かいませんか」

店の奥に声をかけると、顔見知りの手代《てだい》が出てきた。

「手を貸してください。この方は国銀さんのお父上です」

そして、金右衛門に囁《ささや》いた。

「しっかりつかまってくださいね」

金右衛門は返事の代わりに呻《うめ》き、がくりと首を落とした。苦しげに目を閉じている。手代と二人で金右衛門の身体を支え、慎重な足取りで店の中に入った。

小僧に言いつけて、手代は座敷に布団を敷かせた。金右衛門の身体を横たえると、襖を閉めて出て行った。

ひとまず安心だ。おふゆは静かに座敷を出て、用事を済ませることにした。

店主に国藤からの書状を手渡すと、事の顚末《てんまつ》を話した。初老の店主は事情を聞いてうなずき、手代に後を任せて商用に出かけた。

用事は済んだが、一人で横になっている金右衛門が気にかかる。往来に出たものの、踵《きびす》を返して店に戻った。

店先では、手代が箱看板に明かりを入れていた。

「先ほどのお客様は目を覚ましたのでしょうか」

おふゆが声をかけると、手代は気まずそうに答えた。

「さあ。私どもは手一杯でして……」

「わたしが付き添っても構いませんか」

「よろしいのですか」

「はい。兄弟子の親御さんですから」

手代に申し出ると、快く承諾を得ることができた。

おふゆは金右衛門が寝ている部屋にそっと入った。布団のそばには大ぶりの火鉢があり、太い炭が真っ赤に燃えている。五徳《ごとく》の上に置かれた鉄瓶は、白い湯気をしゅんしゅんと吐き出していた。

金右衛門は青白い顔をして寝ている。眉間の皺は深く、どこか痛むのかもしれない。冬は日の沈むのが早い。やがて、障子に陰りが差した。行燈に火を入れさせてもらおうか。立ち上がろうとしたら、気配を察したのか金右衛門が薄目を開けた。きょときょとと、あたりを見回したあとに、視線をおふゆに移した。

「あんたは……」

「歌川国藤師匠の弟子で、ふゆと申します」

手をついて名乗ると、

「そう言えば、あの部屋に娘が一人いた。それがあんたなんだね」

女中だと思っていた、と言った。

「ここはどこだい。私はどうしたんだ」

しっかりした口調で問う。

「ここは深川のお店です。わたしはお使いで来ました」

錦絵を見ていた金右衛門が、急に胸を押さえてうずくまったことを話した。

「なるほど。あんたのおかげで命拾いしたのか」

金右衛門は深い息を吐くと、身じろぎをした。

「すまないが、起きるのを手伝ってくれ。それから薬を飲みたい。白湯《さゆ》をもらえないだろうか」

おふゆは金右衛門の背中を支え、用心しながらゆっくりと身体を起こすのを手助けした。茶簞笥《ちゃだんす》の引き出しを開けて湯呑みを見つけると、火鉢にかけてあった鉄瓶からお湯を注いだ。

金右衛門は懐から巾着《きんちゃく》を取り出した。中から黒い丸薬をひとつ出すと、口に含んで白湯を飲んだ。

ひと息ついて、

「……助かった」

顔に赤みが差してきた。

「深川までなんてどうってことないと思ったが、この寒さが悪かった。店先に立っている間に身体が冷えてきてね。心の臓に負担がかかったらしい」

薬を飲んだから、もう心配ない。

金右衛門はおふゆに顔を向けた。その表情は穏やかで、人を責めるような険はない。微笑すら浮かんでいる。

「すっかり世話になったね」

大したことありません、とおふゆは答えた。

「あんたは銀次郎の弟弟子かい」

「はい、そうです」

金右衛門の顔から微笑が消えた。ぎゅっと眉根を寄せる。まだ心の臓が痛むのかと、おふゆは気になった。

「銀次郎のことだがね、絵だけで本当に暮らしていけるのかい。家を出て長くなるが、まったく戻ってこない。実は食っていけなくて、ほかの仕事をしてるんじゃないかい。棒手振《ぼてふ》りとか、屋台とか」

「そんな話を聞いたことはありません」

違う仕事を始めていたら、事情通の岩五郎が黙っていない。たちまち吹聴する。

「そうなのかい……」

まるで、ほかの仕事をしていてほしかったように残念がる。

「何が起こるかわからない世の中だよ。仕事が安定しなかったら、先行きが危ういと思わないのかね」

あんた、知ってるかい。

「ついこの間、東海道《とうかいどう》と南海道《なんかいどう》で大地震が起きたんだ。家や店が壊れて、大勢の人が亡くなったんだよ」

知っています、とおふゆはうなずいた。両国橋の袂《たもと》で読売《よみうり》が売られていた。

「さあ大変だよ、西国《さいごく》で鯰《なまず》が大暴れしたあ」

大地震の惨状を大声で伝えていたので、読売を買わなくても、被害の大きさを知ることができた。西国に身内や知り合いがいるのだろうか、深刻な顔をして読売を読む人がたくさんいた。

岩五郎は堺の身内を心配して、不慣れな文を書いて送った。無事だと返事が届き、よかったよかったとみんなで胸を撫《な》で下ろした。

「江戸だって、そうそう呑気《のんき》に暮らしていられない。地震だけじゃない、火事もよくあるからね。ことに、今年は雨が降らないから心配だ」

火を使うことが多い季節になると、火事が増える。工房には燃えやすいものばかりあるので、火の取り扱いには日頃から気をつけている。

「まったく、あいつは何を考えているんだ。いざという時に頼れる者もいない、頼りとする金もないんじゃ、どうしようもないじゃないか。路頭に迷って、野良犬みたいに死んでしまう」

困ったやつめと、渋い顔をする。

おふゆは気がついた。国銀さんを心から案じているのだと。

だから、口うるさく言い募り、煙たがられる。

「はじめはね、そんなにうまくいくわけない、尻尾《しっぽ》を巻いて家に逃げ帰るに決まってると、悠長に構えていたんだ。でも、それが悪かった。もっと強く、商いの道に連れ戻せばよかった。よりによって、どうして絵師なんだ」

金右衛門の語調が強くなる。

「絵なんざ、道楽くらいで丁度いい。世の中の足しにならん」

おふゆは黙って目線を下げた。

「あいつが家を出ると言ったときには大喧嘩をした。しまいには、野垂れ死にをして何が悪いとほざいたから呆れたよ」

生意気な、と罵《ののし》る。

「あいつは無口なやつだったが、あれほど激しい口を利いたのは初めてだ。……いや、子どもの頃に、祭りで欲しいものをねだったときも強情だったな」

遠くに目を向けて言った。

「けれど、強情を張るのもここまでだ。あいつが家を出たばかりの頃、私に黙って、おとよと金太郎が銀次郎を助けていたことを知ってるんだよ。商売人はね、家の中の小さな金の行方にも敏《さと》いんだ」

おふゆは驚いて顔を上げた。

岩五郎から聞いたことがあるからだ。兄貴の世話にはならんと縁を切って、国銀は長屋で一人暮らしをしとるんやと。都合の悪いことを伏せていたのか。もしくは、困窮していた頃など思い出すだけでも屈辱に感じて、沈黙を貫いているのか。

「実に情けない。啖呵《たんか》を切っておいて、そんな有り様だ。ばつが悪いから、ますますひねくれる」

この店にね、と冷めた目をして言う。

「銀次郎の絵があった。国銀という号で妖怪《ようかい》ばかり描いているから、すぐにわかった。なんで、あんな気味の悪いものばかり描くのかね。絵を置く店もどうかしている」

趣味が悪い、と吐き捨てた。

この地本問屋は、国藤から紹介された店だ。店主は、国銀の絵をとても気に入っており、一年中、国銀の絵を並べている。失ってはいけない取引先だ。

「国銀さんは、妖怪絵を描く絵師として一目置かれています。国藤師匠も目をかけていらっしゃいます」

咄嗟《とっさ》に国銀をかばったが、金右衛門は不服そうな顔をしている。

「絵を描く人間というのは、一筋縄じゃいかないね。あんたもそうだよ。女で絵師の真似事《まねごと》をして、親御さんは何も言わないのかい」

「母は亡くなりました。父もいません」

一瞬、金右衛門の目が大きく開かれた。

「それなら、尚更《なおさら》だ。あんた、このままでいいのかい。先々のことが不安じゃないのかい。嫁に行った方が、何の心配もなく暮らせるだろう」

おふゆは背筋を伸ばした。

「覚悟の上です」

金右衛門は気圧《けお》されたように顎《あご》を引いた。

部屋の中が翳《かげ》り、金右衛門の顔がおぼろげになってきた。お湯がなくなり、鉄瓶はからからと乾いた音を立てている。もう暇乞《いとまご》いをする頃合いだ。

「失礼いたします。お加減はいかがでしょうか」

襖の外から手代が声をかけるまで、金右衛門は顔を伏せたままだった。

手代に駕籠《かご》を呼んでもらって、金右衛門は店に帰ることになった。

「あんたには助けられたよ」

懐から財布を取り出したが、おふゆは後じさって断った。

「当たり前のことをしただけです」

金右衛門は瞬きを繰り返したあとに、黙って財布を懐に戻した。

駕籠に乗り込む金右衛門に、おふゆは一礼した。何か言いたそうな顔をしていたが、金右衛門は目を逸《そ》らして駕籠の簾《すだれ》を下げた。

腕も足も太い二人の男が、威勢のいい掛け声とともに走り出した。たちまち薄闇《うすやみ》に紛れ、駕籠は見えなくなった。

店の外には、屋号を書き入れた箱行燈がまだ出ている。火を点《とも》しても、光が当たる場所は少なくて心細い。提灯《ちょうちん》を貸してもらおうかと迷っていたら、忙《せわ》しげな足音が近づいてきた。

「先ほどのお客様はお帰りになりましたか」

手代は息を切らしている。よほどの急用らしい。

「布団を片付けていたら、これを見つけまして」

おふゆの目の前で、手を開いた。

それは、大黒様《だいこくさま》をかたどった根付けだった。小槌《こづち》を掲げて、白い袋を担いでいる。満面の笑みが福々しい。

「これは高価なものでしょうかね。先ほどの方は、日本橋に大きなお店をお持ちだと聞きましたが」

自分の落ち度にされるのではないかと、手代は不安そうだ。

「わたしがお届けします」

付き添っていながら、うっかりしていた。行燈に明かりを入れて、くまなく確かめるべきだった。

「お任せしても構いませんか」

おふゆがうなずくと、手代は助かったと言いたげに頬をゆるめた。

「それでは、お願いいたします。すっかり暗くなってしまいましたね。提灯をお貸ししましょう」

手代の申し出を有難く受け入れた。

根付けを受け取ったものの、おふゆは途方に暮れた。日本橋のどこに店があるのかわからない。考えている間にも、吹く風はさらに冷たくなり、闇が濃くなった。

「……そうだわ」

近くに国銀の部屋があることを思い出した。以前、おなみから長屋の場所を聞いたことがある。国銀にお店の場所を教えてもらえばいい。

「早く行かなくちゃ」

国銀の部屋に向かって駆け出した。

長屋は永代寺《えいたいじ》の裏にあった。男の袖を引く女たちがそこかしこに立ち、じろじろと不躾《ぶしつけ》な視線を向けられた。おふゆは面を伏せ、細い路地裏に入った。

木戸で国銀の名前を確かめると、人に聞きながら部屋を探し当てた。国銀は部屋の中にいるようだ。障子に淡い光が映っている。

「国銀さん、いらっしゃいますか。ふゆです」

戸を叩いて呼びかけると、中でがたんと大きな音がした。

「一体、何だい」

返事はあったが、国銀は姿を現さない。

「失礼いたします」

おふゆはそろそろと戸を開けた。

部屋の中は薄暗い。しばらく目を凝らしていたら、中の様子が見えてきた。国銀は半紙に覆いかぶさり、筆を構えたままおふゆに目を向けている。

河岸《かし》が近いので、夏は過ごしやすそうだが、今頃の季節は寒さが厳しいのだろう。国銀は首に襟巻きをして、身体が大きく見えるほど重ね着をしていた。

「ご相談したいことがあって参りました」

おふゆは土間に足を踏み入れた。

「お父上のお忘れ物です」

深川の店で金右衛門に会ったことを話した。国銀は身体を起こして硯《すずり》の上に筆を置いたが、口を開かず、立ち上がろうともしない。

「お店にお届けしたいのですが、わたしはどこにあるのかわかりません。教えていただけますか」

丁寧に頼んだが、国銀は馬鹿にするように言った。

「この寒い中、わざわざご苦労なことだね。そんなもの、岩五郎にでも届けさせればいいじゃないか」

兄弟子にお使いを頼むわけにはいかない。それに、たった一晩でも、高価なものを預かるのは気が引けた。

「どれ、見せてみろ。本当に親父のものなのか確かめてやる」

おふゆは上がり框《かまち》に近づき、根付けを渡した。国銀はつくづくと根付けを眺めると、顔をゆがめた。

「商売繁盛の神様とはね、いかにも商売人らしい。しかも象牙《ぞうげ》じゃないか」

たしかに親父のだよ、と言った。

「恵比寿《えびす》だの、寿老人《じゅろうじん》だの、弁財天《べんざいてん》だの、とっかえひっかえにして帯からぶら下げていたのを覚えてる」

こんなもの、といきなり文机の上に放り投げた。かつんと固い音がする。

「兄貴に預けておく」

自分で届けると言いたいらしい。

「でも」

「わからないやつだな」

国銀は苛立ちを露《あら》わにした。

「あんたに行ってほしくないんだ。女弟子がのこのこ出かけたら、何を言われるか」

余計なことをするなと兄弟子に強く言われたら、引き下がるしかない。

視線を逸《そ》らせると、部屋の中にあるものが目に入った。反古で築き上げた山があちこちにある。文机のほかに家財道具はない。茶箪笥の代わりに、椀《わん》と湯呑みを行李《こうり》の上に置いている。枕屏風《まくらびょうぶ》には半紙で継ぎを当て、その端から布団が覗《のぞ》いている。火鉢はあるが、火の気はない。行燈の明かりは細く絞られており、手元しか見えないだろう。

「じろじろ見るなっ」

おふゆの視線を読んで、国銀は怒鳴った。

「狭くて驚いたかい。でもね、国銀は誰にも気兼ねすることがないから、ここでの暮らしは性に合うんだ」

国銀の罵りは続く。

「あんたのやることは、いちいち癇《かん》にさわる。注文が増えたからって、つけ上がるんじゃないよっ。絵の道はね、そんなに簡単なもんじゃないんだっ」

あいつは無口なやつだったと、金右衛門は話していた。だが、おふゆが知っている国銀は、絵のことになると口が滑らかになり、止まらなくなる。実家では本当の姿を出せなかったのだ。

「まったく、気に入らないやつばっかりだ」

暗がりの中で、国銀の目が光る。

「なんで親父があの店に行ったんだ。毛嫌いしてるくせに、わざわざ日本橋から繰り出すなんて、何か企《たくら》みがあるとしか思えないよ」

心配しているからと言っても、国銀は聞く耳を持たないだろう。意固地になって、そんなはずないと言い張るだけだ。

「あの店は大事な取引先なんだ。まさか、嫌がらせをしに行ったのかい」

「……そんなことはないと思います」

金右衛門の顔が浮かぶ。怒りながらも、国銀を案じていた。

「ふん、どうだか。親父のことだ、卑怯《ひきょう》な手を使って私を潰そうとしているんだよ。二度と絵を描かせるなと、裏から手を回したんじゃないか」

実は、とおふゆは顔を上げた。

「お店で絵をご覧になっていたとき、急にお父上の具合が悪くなったんです」

「何だって」

問い返す声は真剣だった。暗い部屋から、国銀がじっと見据えているのをおふゆは感じる。やはり親子だ。口では罵りつつ、密《ひそ》かに案じる気持ちがあるようだ。

「胸を押さえて、とても苦しそうで……」

座敷に布団を敷いてもらって横たわり、よくなるまで付き添っていたことを話すと、いきなり国銀が声を張り上げた。

「私に恩を着せようって言うのかい。親父も親父だ、余計なことをしてっ」

「あの、でも」

丸薬を懐に入れていたのは持病があるせいだ。そう言おうとしたが、

「出て行けっ」

丸めた反古を投げつけられた。

心配しているように思えたのは、気のせいだったのか。

追われるように外へ出て、提灯を手に両国橋を目指した。

歩きながら、金右衛門が話していたことを思い出す。

──どうせ、狭っ苦しい長屋にいるんだろう。大店の主人になれば、広い部屋でのびのび描けるぞ。

裕福な暮らしには見えなかったが、おふゆは国銀を気の毒だとは思わなかった。

絵を描くことに専念できる暮らしこそが幸せ。多くの財を持ち、大店の主人として

ちやほやされることが望みではない。

国銀さんの気持ちはよくわかる。

そう言ったら、嫌な顔をされるだろうが。

四

深川を訪れてから二日が過ぎた。文机の上に放り投げられた根付けの行方が気になるが、もう関《かか》わってはいけないことだ。

行燈のそばで、おふゆは画帖《がちよう》を広げた。玉子の黄身に似た明かりは外の寒さを忘れさせる。

火鉢に炭は入っているが、手はすぐに冷たくなる。時折、筆を置いて両手をこすり合わせた。描いているのは、七五三を迎えた娘。青物屋で生姜を買った帰りに神社の近くで見かけた。花嫁のような角隠しをかぶり、幼いながらも誇らしげに胸を張っていた。

あの子は幸せだわ、とおふゆは思う。豊かで、温かい庇護《ひご》の下にいる。

鶴の刺繍が入った袖を描き終えると、広げた画帖を行燈の明かりにかざした。こうすれば、早く墨が乾くような気がする。

国藤とおなみは二階で休んでいる。明日も早い。そろそろ寝ようと画帖を閉じたとき、がたがたと縁側の戸が大きな音を立てた。

泥棒かしら。

画帖を胸に抱える。

すると、

「おふゆ、今帰ったでえ」

岩五郎の声に、身体の力が抜けた。

「……また酔っ払ってる」

仕方ないわね、と画帖を畳の上に置いた。

「岩さん、静かにしてください」

たしなめながら戸を開けた。

「師匠とおかみさんはもうお休みですよ。起きてしまったら……」

きゃっ、と短い悲鳴を上げて後ろに下がった。

岩五郎は一人ではなかった。行燈の明かりに照らされ、もう一人の姿がおぼろげに浮かび上がる。

「ようっ、これはこれは女弟子っ。まだ仕事をしていたとは腹が立つ」

国銀だった。岩五郎と肩を組み、右へ左へとふらふら揺れている。

「ほんまに、国銀はんは口が悪いのう」

がはははは、と岩五郎は上を向いて笑う。

一体、何があったのか。酒が入った国銀を初めて見た。

「とにかく、上がってください。ご近所に迷惑です」

「ああ、そうやな。ほれ、国銀はん」

なだれ込むように二人は工房に上がった。

「おふゆ、水を頼む」

「何を言うんだ、岩っ。まだまだ飲むぞっ」

わはは、と笑う国銀の顔は蛸《たこ》のように真っ赤だ。

二人は反目し合っていたはずなのに。酒の力は大きい。これまでの関係をがらりと変えてしまうとは。

「そうやそうや、まだ飲むんやったな」

だが、岩五郎はおふゆに目配せした。

「……水やで、水」

わかりました、と台所に急いだ。

手燭《てしょく》に火をつけ、戸棚の湯呑みを探していると、

「どうしたんだい」

おなみが階段を下りてきた。常磐色《ときわ》の綿入れを着て、寝ぼけ眼を向けている。

「申し訳ありません。起こしてしまいましたか」

岩さんと国銀さんが、と事情を話した。

「へえ、そりゃまた珍しい。岩五郎が酔っ払ってるのはいつものことだけど、国銀を連れてくるなんてねえ」

あふう、とおなみは大あくびをした。

「岩五郎がいるなら心配ないよ。おふゆちゃん、いつまでも付き合ってることはない。さっさと寝ちまいな」

とんとんと、軽やかに階段を上がっていった。

瓶《かめ》の水は氷のように冷たい。二つの湯呑みになみなみと水を注ぎ入れ、盆にのせて工房に戻った。

「お待たせしました……」

すると、国銀はすっかり大人しくなっていた。岩五郎を相手に、ぶつぶつと文句を言っている。

「……あの女、人を馬鹿にしやがって」

自分のことかと、おふゆは盆を持ったまま立ちすくむ。

「国銀はんは悪うないで。あっちが人でなしなんや」

岩五郎は国銀を慰めながら、おふゆにうなずいて見せる。

どうやら、自分のことではなかったらしい。ほっとして、それぞれのそばに湯呑みを置いた。

「私だって、わかってるんだ。今のままではいけないことくらい。あんな狭い長屋に住んで、着るものにも食うものにも、金をかけられない。けど、仕方ないじゃないか。どうしたってやめられないんだから……」

今にも泣き出しそうなほど、国銀の物言いは頼りない。

「うんうん、ほんまやで。描くのをやめられたら、とっくにやめとるわ。やめられるもんなら、絵師にはならん」

国銀が顔を上げた。目が据わり、鼻息は荒い。

「そうやろ、岩。わかるやろ」

「なんや、わしの真似して」

「ええやろ。同じ師匠の弟子や」

「ま、ええか。同じ弟子やし」

「ええで、ええで」

国銀は大笑いした。

「絵師をやめられないから、絵師なんだ。それがわからんのだから、親父もあの女も始末に負えない」

岩はわかってくれるよな、と岩五郎の肩を二度、三度と叩く。

ぴったり息が合っている二人を見て、おふゆはぽかんと口を開けた。

目の前の光景が信じられない。妖怪にたぶらかされたようだ。

「だがな、岩。お前の描く絵は物足りん。武者絵ばかりじゃ芸がない。絵師として、もっと芸の幅を広げねばならんぞ」

今度は国藤の口調になっている。

「何やて。国銀はんこそ、妖怪しか描かんやろ」

酔っ払いを相手に、岩五郎はむきになる。

「馬鹿。妖怪は奥が深いんだ。狸《たぬき》は化けるし、海には人魚、山には山姥《やまうば》がいる。一つ目小僧に、ろくろっ首。それに比べて、お前は何だ。似たような汗くさい男ばかりだ。源義経《みなもとのよしつね》と、楠木正成《くすのきまさしげ》の区別がつかんぞ。狸と狐《きつね》くらいに描き分けろ」

「阿呆《あほう》っ。源義経を狸なんぞと比べるな」

「てやんでえっ、狸の何が悪いっ」

喚《わめ》き散らして酔いが覚めたのか、急に真剣な面持ちになる。

そして、小さくつぶやいた。

「……人間より、狸の方がよっぽどあったけえ」

こぼれ出た本音に、おふゆと岩五郎は目を見張る。二人の戸惑いを察して、国銀は喉を反らせて笑った。

「戯れ言だ、戯れ言っ。岩、しょうもない戯れ言なんぞ忘れちまえっ」

「そうやな、国銀はんの言うとおりや」

お前は話のわかるやつだと、国銀が岩五郎と肩を組む。

「岩っ、今夜は飲むぞ」

「あかん。もうやめとけ」

国銀は血走った目を岩五郎に向けた。

「何を言うか。お前はまったく失礼なやつだ」

「わしのどこがや」

「親父とお袋が来たときに、ここでこっそり話を聞いていただろうっ。それが失礼で、無礼きわまりないと言うんだっ」

やはり根に持っていた。

「だから、師匠に話をしたくても、一向にできん。それを気遣ってくださるのだから、師匠には頭が上がらない」

親父とは比べものにならない。

「せやけど、国銀はんが絵師をやめるんやないかと気になってな」

気にしていたのは、見合いの話ではなかった。

馬鹿野郎っ、と国銀が吠《ほ》える。

「だから岩は駄目なんだっ。私は取引先をもっと増やしたくて、師匠に相談したんだ。物わかりの悪いやつめっ。今夜はとことんまでわからせてやるっ」

飲むぞうっ、と気勢を上げた。

「岩っ、酒だっ。酒を持ってこいっ」

「わかった、わかった」

飲め、と湯呑みを差し出した。

「冷や酒や。効くでえ」

国銀は素直に受け取り、一気に飲み干した。喉が大きく上下する。

「……なんだ、これは」

お酒じゃないことがわかったかしら。おふゆは盆を胸の前に立てて身構えた。罵倒《ばとう》された上に、湯呑みをぶつけられるかもしれない。

だが、国銀は一言も発しなかった。手から湯呑みが滑り落ち、軽い音を立てて畳の上に転がった。

「岩……」

それきり、仰向けになって倒れた。腕も足も投げ出し、盛大に鼾《いびき》をかく。

やれやれ、と岩五郎も湯呑みに口をつけた。

「やっと寝たか」

「国銀はんに、何かかけてやってくれんか」

はい、と押入を開けた。掻巻《かいまき》を引っ張り出し、国銀の身体にかけた。そうっと顔を覗き込む。口を半開きにして、ぐっすり眠っている。

「ほんまに手のかかる。わし、疲れたでえ」

両腕を天井に向けて伸び上がると、口を大きく開けてあくびをした。寒くなってきたのう、と綿入れを羽織る。

「珍しいですね。国銀さんがお酒を飲むなんて」

初めて見ました、と言った。

「わしもや。居酒屋で飲んどったら、いきなり国銀はんが来たんでびっくりしたで。何やしれんけど、荒れとるようやから、酒を勧めたんやけどな」

鼾をかき続ける国銀を見下ろし、岩五郎は小声で言った。

「……国銀はん、見合いの女にふられたんやと」

「あんなに嫌がっていたのに、お見合いをしたんですか」

「ちゃう。親御はんが巧妙でのう」

おふゆは、かしこまって正座をした。盆を膝の上にのせ、岩五郎と向き合う。

「はじめは絡み酒やった。国銀はん、飲みながらぐちぐち言ってのう。何のこっちゃ、はっきりせぃと言ったんや」

そうしたらな。大きな目をおふゆに向ける。

「国銀はんのところに根付けを届けたやろ」

「はい。お父上がお忘れになったので」

深川での出来事は、国藤にも岩五郎にも伝えてある。

「それがきっかけや」

えっ、とおふゆは眉をひそめた。

「今日な、国銀はん、日本橋まで届けに行ったんやと。案外、あれで律儀なところもあるんやな。ところが、向こうは一枚も二枚も上手やった」


二日間、考え抜いた末に国銀は根付けを日本橋まで届けることにした。部屋の中に父親のものがあるのは鬱陶《うっとう》しい。かと言って、捨ててしまうのは後生が悪い。

根付けを懐に入れて、国銀は深川の部屋を出た。

「これはこれは、銀次郎様」

古参の番頭は、国銀を見るなり袖をぎっちりつかんだ。

「おいおい、何の真似だい。私は届け物をしに来ただけだよ」

それでも、番頭は袖を放さない。

「今、若旦那様をお呼びします。少々お待ちを」

番頭は、手代を奥へと向かわせた。

「銀次郎、よく来たね。まあ、お上がりよ」

兄の金太郎が姿を見せた。にこにこと笑っている。

「私は親父の忘れ物を届けに来たんだ。おい、袖を放せ。懐に手を入れることができないだろう」

番頭が手をゆるめた隙に、懐から根付けを出して金太郎に渡した。

「ほう、これは親父の大黒様じゃないか。どうしてお前が持っているんだい。いや、そんなことはどうでもいい。届けてもらったからには、ただで帰すわけにはいかない。礼をしなくちゃいけないねえ」

「そんなものはいらない」

帰ろうとしたが、今度は番頭だけではなく、金太郎も袖をつかんだ。

右と左から強い力で袖を握られ、振りほどきたくても動けない。

「何をするっ」

「とにかくおいで」

国銀は引きずられるようにして奥に上がった。

座敷に入ると、国銀の右側に金太郎、左側に番頭が座った。逃がしてなるものかと、二人とも両手で袖を握っている。

女中が慌ただしく入ってきて、国銀の前に酒肴《しゅこう》の膳《ぜん》を置いた。

怪しい。何か企んでいる。しかし、立ち上がろうとすると、即座に袖を引かれる。

悔しがることしかできない。

「まあまあ、銀次郎様、そう焦らずに。もうすぐおかみさんがいらっしゃいますので、しばらくお待ちください」

「銀次郎が家にいるのは何年ぶりだろうねえ。たしか親父と喧嘩して、家を飛び出したきりだったね」

「さようでございます。またこうしてお会いできるとは。今宵《こよい》はごゆるりと過ごしていただきましょう」

番頭も金太郎も、呑気な口ぶりだ。

やがて、慌ただしい足音が近づいてきた。一人、二人ではないようだ。腰を上げようとしても、袂が重くて立てない。

「銀次郎、やっと来たか」

がらりと襖を開けたのは金右衛門だった。ほくそ笑みながら国銀を見下ろす。その後ろには、目を瞬かせて泣き出しそうな顔のおとよがいた。

「お前が来たというので、手代を神田に走らせた。なあに、目と鼻の先だからひとっ走りだ。まずは会ってみないと、見合いは進まないからな」

謀られた。国銀は歯噛《はが》みした。

ほどなくして、

「失礼いたします」

一人の娘が入ってきた。背後に小女を従えている。

娘は髪に銀細工の簪《かんざし》を挿《さ》し、金茶の振袖に深紅の半襟をつけていた。ずんずんと、遠慮のない様子で座敷に入ってくる。

肌の色は胡粉《ごふん》のように白く、目も口も大きい。まったく大人しそうには見えない。どちらかと言えば、気が強そうな顔つきをしている。けど、ぐじぐじしている女より、よっぽどいい。

ほう、と国銀は娘に見とれた。

女中が座布団を運んできて、国銀の向かいに置いた。

「さあさあ、どうぞこちらへ」

番頭がにこやかに呼びかける。

用意された羽二重の座布団には目もくれず、娘は突っ立ったままだ。後ろの小女は、お嬢様に何かあったら承知しませんとばかりに、きつい眼差しをしている。律儀者の従者らしい。

「おじさん、これはどういうことですか」

娘が口を開いた。

「お見合いなら、おとっつあんが正式に断ったはずです」

金右衛門は慌てた。

「いや、話は聞いている。だが、会わないで決めるのはどうかと思ってね」

「あたしの気持ちは変わりません」

おぞましいものを見るような目を国銀に向けて言った。

「この人が、あの気持ち悪い絵を描く絵師なんでしょう」

国銀の顔色が変わった。蒼白《そうはく》になり、こめかみがびくびくと波打つ。

「おとっつあんに勧められて絵草紙屋に行きました。そうしたら、天狗《てんぐ》だの河童《かっぱ》だの、ぞっとする絵ばっかり。おかげで、悪い夢を見てうなされました。あたしは嫌です。あんな絵を描く人と一緒になるなんて」

わずかな間でも、娘に見とれたことを国銀は後悔した。

「この際ですから、はっきり言います。おじさん、おばさん、いくらなんでも、あんまりです。そりゃあ、こちらのお店は、うちより身代が大きいですよ。だからって、馬鹿にしないでくださいっ」

娘は踵《きびす》を返して出て行った。小女が、つんと顎を上げてその後を追う。

二人の足音は荒々しく、すっかり遠ざかるまで、誰も口を開かなかった。

「だから、絵師なんぞやめちまえばよかったんだっ」

金右衛門はいきなり怒鳴った。

「そもそもお前が商いに精を出していたら、こんなことにはならなかった。せっかくの良縁をどうしてくれる。私がどれだけ骨を折ったのか、お前にはわからんだろうっ」

「あなた、もうやめてください……」

おとよはさめざめと泣き出した。

「おとっつあん、もう諦めましょう……」

金太郎はがっくりと肩を落とした。

ふつふつと、腹の底から怒りが湧《わ》いてくる。

どうして私のせいなんだ。勝手に仕組んだのはそっちだろう。

具合を悪くしたと聞いたから、どんなものかと来てみたが、来るんじゃなかった。

情け心なんぞ出すもんじゃない。

「ふざけるなっ」

銀次郎様、としがみつく番頭を振り切り、国銀は座敷を出た。

「よっぽど激しく逆らったんやな。袖が破けてたで」

もう一口、湯呑みの水を飲む。

「それで、わしが行きつけにしとる店に来たんや。国銀はん、一緒に飲む仲間もおらんのやな」

わし、一人で飲んどってよかったわ。

ほかの絵師仲間がいたら、国銀は気後れして店に入らなかっただろう。

「そんなことがあったんですか……」

話を聞き終えたおふゆは茫然《ぼうぜん》とした。

面と向かって破談を告げられたことは、国銀にとって耐えがたいほどの辱めだったに違いない。その上、自分が描いた絵をけなされ、誇りをずたずたに引き裂かれた。

酒に逃げても無理はない。

「わたしのせいですね……」

自分で根付けを日本橋まで届けるべきだった。余計なことをするなと言われても、無理を通せばよかった。

「いや、おふゆのせいやない。気にするな」

はじめから無理やったんや。

「あのとき、親父さんが言うとったのにな。大人しい娘やから、尻に敷かれることはないってのう」

嘘《うそ》っぱちや、と岩五郎は笑った。

「やりたい放題に甘やかされて、そういう娘は役者買いもしとるで。一緒にならんで助かったと、あとで思ったやろな」

国銀に見合いをさせたい一心で、金右衛門は出鱈目《でたらめ》ばかり並べ立てた。話がまとまってしまえば、こっちのものだと。

「今夜は寝かしといてやればええ。国銀はんのことや。明日になれば、さっさと立ち直る……」

ごろりと、岩五郎も横になった。すでに目をつぶっている。

「……おやすみなさい」

もうひとつ掻巻を出して岩五郎の身体にかけると、おふゆは行燈の火を消した。

翌朝の冷え込みも厳しかった。じんわりと温かい布団に未練を残しつつ、おふゆは手早く身支度をして階段を下りた。

工房を覗くと、そこに国銀の姿はなかったが、岩五郎はまだ横になっていた。

「おふゆ、夕べは世話になったな」

播巻を顎まで引き上げて言う。

「いいえ、わたしは何も。それより、国銀さんは」

「ぱっと目を覚ましたら、物も言わずに縁側から出て言ったで」

まあ、とおふゆは絶句した。あれだけ酔っていたから、具合が悪くて唸《うな》っているだろうと思っていた。

「酒が抜けやすいんかのう。もっとも、仕事のことになると、国銀はんは鬼みたいになるやろ。大方、急ぎの仕事を思い出したんやないか」

「国銀さんらしいですね」

夕べのことやけど、と岩五郎は真面目《まじめ》な顔をして言った。

「次に国銀はんに会うても、知らんふりをしとってや」

おふゆは大きくうなずいた。

「国銀はんなら、心配いらん。描くことさえ取り上げられんかったら、何があっても生きて行くやろ」

にたりと口元をゆるめる。

「それは、わしとおふゆも同じじゃやけどな」

「はい」

手がける絵はまったく違う。しかし、岩五郎の言う通り、描くことをやめられないところは同じだ。

かたり、と二階で音がした。おなみか国藤が起きたらしい。

「朝ご飯の用意をしてきますね」

「おう、わしも起き……」

あたたたた、と頭を押さえた。

「国銀はんの絡み酒が効いとるわ。なんや、目が回る」

ありえへん、と嘆く。

「この頃、飲み過ぎなんですよ。年を考えてください」

「ほんまに言うようになったのう……」

くすくす笑いながら、おふゆは工房を出た。

生姜をたっぷり摺り下ろしたら、沸かし立てのお湯をかけて出そう。辛くて熱くて、二日酔いに効きそうだ。

五

　爪絵を描く仕事が終わり、おふゆは花瓶に活《い》けた山茶花《さざんか》を描き写していた。仕事が途切れているときも、暇を見つけては手を動かすようにしている。

　濃い桃色の花びらに、黄色い芯《しん》。葉には艶《つや》があり、青磁の一輪挿しによく映える。椿《つばき》の花に似ているが、地味で素朴な山茶花を好ましく思う。故郷の仙台でも見かけたことを思い出した。

　岩五郎は板元《はんもと》に出かけており、国藤は部屋にいる。おふゆは集中して描いていた。時折、亡くなった母親の姿がまぶたに浮かぶ。近くに寄り添ってくれているようで、幸せな気持ちになる。

　そこへ、おなみが顔を出した。

「おふゆちゃん」

　声をかけられ、はっとして身を起こす。夢の中から、急に引き戻された。

「今ね、国銀が来てるんだよ」

　この前、来たばかりなのに。もっとも、あの晩は酔っていたが。

　それがさ、とおなみは声を低くする。

「金太郎さんが一緒なんだ。親御さんじゃなくて、どうしてお兄さんが来たのかねえ」

おかみさんは、お見合いが破談になったことをご存知かしら。もじもじと、筆の柄を撫でさする。

考えていることが伝わったらしい。おなみはうなずいて言った。

「あの話は壊れたって聞いたよ。世間は狭いからね、とっくに耳に入れてるよ」

ならば、何のために来たのだろう。

「新しい見合い話かねえ。あの親父さんが来ると喧嘩になるからさ、お兄さんが来たんじゃないのかい」

それにしては、と言葉を切る。

「二人とも、ひどく辛気くさい顔をしているんだよ。まあ、国銀はもともとだけどさ。お目出度い話とは違うのかねえ」

不審がって頭をひねる。

「とにかく、うちに上げないと話にならないね。おふゆちゃん、お茶を頼むよ」

「はい」

急いで画帖を閉じ、筆と絵皿を部屋の隅に寄せた。

おふゆは盆に湯呑みを三つのせて、国藤の部屋に入った。

「失礼いたします」

金太郎は振り返り、おふゆに会釈した。国藤はその向かいにいる。国銀はふてくされたような顔をして、金太郎の後ろに座っていた。

金太郎は母親によく似ているが、どこか様子がおかしい。小さめの目は赤く染まり、顔が青白い。羽織からは線香の匂いが漂っている。

お茶を配って下がろうとしたら、国藤に引き留められた。

「お前に話があるそうだ。ここに座りなさい」

自分の隣を目で示した。

話って、何かしら。国銀の刺すような視線を気にしつつ、傍らに盆を置いて国藤の後ろに腰を下ろした。

おふゆが座ったのを見届けると、金太郎は口を開いた。

「突然のことですが、三日前に父が亡くなりました。長く病を患っていたので、母も自分も覚悟しておりました」

しっかりした口調だった。

「誠にご愁傷様です」

国藤はお悔やみを述べた。おふゆも硬い表情で頭を下げた。

以前、工房を訪ねてきたとき、おとよが目を瞬かせていたのは、涙をこらえていたからだ。別れの日が遠くないことを察していたのだろう。

これはご丁寧に、と受けたあとで金太郎はおふゆに顔を向けた。

「こちらのお弟子さんに、父が助けていただいたそうですね」

そんなことありません、とおふゆは小声で答えた。手当てらしいことは何もできなかった。

「実は、お弟子さんに是非とも死絵《しにえ》を描いてもらうようにと、父から遺言を預かっております」

「死絵ですか」

おふゆは問い返した。

国銀はむすっとして横を向いている。

「生前に、父から命じられて調べさせていただきました。八代目市川團十郎《いちかわだんじゅうろう》の死絵は上出来だったようですね。それを知って、父は死絵を頼むと決めたそうです」

今年、江戸の花と呼ばれた八代目市川團十郎が非業の死を遂げた。おふゆは自らの号を入れずに八代目の死絵を描いたが、金右衛門はその評判を突き止めていた。

光栄に思いながらも、おふゆは口ごもる。

「でも、死絵は……」

板元に頼んで摺ってもらうことはできない。大店の主人とは言え、役者とは違う。市中で売り出しても採算は取れない。

「ご心配には及びません。私どもがおふゆさんにお願いしたいのは肉筆画です。もちろん表装はこちらでいたします」

おふゆは大きく目を見開いた。責任の重さに、冷たい汗が背を伝う。

「いかがでしょう」

重ねて聞かれたが、おふゆは返答に詰まった。安請け合いできる仕事ではない。

「……千両役者でもあるまいし」

国銀が横を向いたまま言った。

「ただの商売人のくせに、死絵を描いてもらおうなんて図々《ずうずう》しい。その上、一点物の肉筆画なんざ贅沢《ぜいたく》すぎる」

しかし、金太郎は微笑しながら言った。

「聞いておやり。おとっつあんの最後の願いじゃないか。本当は銀次郎に描いてもらいたいところだが、妖怪の絵ではおとっつあんが気の毒だ」

国銀を見つめる金太郎の目は優しい。

「私はね、好きなことを貫く銀次郎がずっと羨《うらや》ましかったんだ。もっとも、自分には好きなことがなかったから仕方ないけどね」

そんなことはどうでもいい、と金太郎は顔を引き締め、おふゆに向き直る。

「描いていただけますか」

おふゆは返事に困り、国藤を窺った。背後に座っているので、顔が見えない。

「師匠……」

小声で助けを求めると、国藤は前を向いたまま深くうなずいた。

逃げずに、腹を括《くく》るしかない。覚悟を決めた。

「承知しました。お引き受けいたします」

手をついて言うと、金太郎は懐から袱紗《ふくさ》を取り出した。

「こちらは些少《さしょう》ではございますが、お受け取りください。生前に、いかほどの値段にすべきか、父はあれこれ考えていたようですが」

袱紗が開かれると、おふゆは息を呑んだ。咄嗟に国藤を見たが、何も言わない。

「……あの、あまりにも多くはありませんか」

八代目の死絵を描いたお代をはるかに超える。だが、金太郎は平然としている。

「さようですか。私はただ、父が生前に包んでおいたものを持ってきただけですよ。さほど高いとは思いませんが」

金太郎は国銀を振り返った。お前はどう思うと言いたいらしい。

「肉筆画ってのは、そういうものだよ」

面倒くさそうに口を開いた。

「あんたの腕を考えたら、たしかに多すぎるけどさ」

大変な仕事を任された。お代を受け取る手が震えた。

二日後に国銀が取りにくるという約束をして、二人は帰って行った。

国藤は自分の部屋に戻ると、戸棚から奉書紙の束を取り出し、おふゆに渡した。

「国銀の実家は大店だ。豪奢《ごうしゃ》な誂《あつら》えを望むだろうが、絹布は高いし、扱いが厄介だ。お前の手に負えぬ」

奉書紙は生地が厚くて丈夫だ。陽《ひ》に当てず、水で濡《ぬ》らさなければ、奉書紙に描かれた絵はそのままの姿を長く保つ。

「顔料は、上方から取り寄せたものを与える。山から石を掘り出して作った顔料なら、色が褪《あ》せない」

ならばお代をと、おふゆは国藤を見つめた。

「弟子が紙や顔料の調達で悩むことはない。依頼に見合う画材を用意するのも師匠の仕事だ」

案ずるな。

「二日後に国銀が取りに来るが、手を抜くことは許されぬ。不出来な絵を描いたら、国銀は容赦なく突き返す」

仕事に厳しく、見る目を備えた兄弟子だ。甘い線を引いたら、たちまち見破られる。

「心して取り組みなさい」

はい、と畳に額をつけた。

工房に岩五郎の姿はない。

おなみにさんざん言われて、飲みに行くのを控えたはずだが、大きな仕事を受けたおふゆを気遣ったのだろう。

死絵の肉筆画を描くことを話したら、岩五郎は眉間に深い皺を作った。気難しい顔をするのは珍しい。

「難儀なことや。よりによって、国銀はんの親父さんとは。本物より立派に描いたら、金に目がくらんで媚《こ》びたと言うやろな」

ちょっぴりやけど、と岩五郎は自分の顔料を分けてくれた。

それは、異国からもたらされた「べろ藍《あい》」と呼ばれる顔料だ。深みのある藍色で、水にも日差しにも強い。喉から手が出るほど欲しがっている絵師は多いが、値の張る顔料だ。岩五郎が大切に使っていることをおふゆは知っていた。

その心遣いを有難く思いながら、畳の上に青い毛氈《もうせん》を広げた。挿絵描きに使う半紙を置く。硯に水を満たして墨を磨《す》る。手を動かしているうちに、逸《はや》る心が静まった。

白い襷《たすき》をかけると、おふゆは目を閉じた。生前の姿を思い浮かべながら合掌する。

どうか安らかにお休みください。

目を開けて筆を執《と》り、半紙と向き合う。細面の輪郭、目尻の皺。鼻は尖って、唇は薄い。細かいところまで思い出せる。国銀によく似ているが、経てきた年の分だけ、表情に奥深さがある。

岩さんから分けてもらった顔料は着物に使おう。深みのある藍色は、大店の主人にふさわしい。

まずは墨で輪郭を描く。顎の線が難しい。細すぎると貧相になる。耳たぶは薄いが、長さがあった。悩むのは目と口だ。優しげな表情にするか、それとも厳かな雰囲気にすべきか、目と口の描き方で大きく変わる。

姿はどのようにすればいいだろう。商売人らしく帳場に座っている姿がよいだろうか。それとも、雪駄をはいた全身像の方が風格を出せるだろうか。

おふゆはあれこれ試しながら、ひとつの疑問を抱えていた。

「どうしてわたしに頼んだのかしら」

考えても、まったくわからない。迷いは手に伝わり、筆の運びが鈍くなる。

その夜は、半紙に下絵を描くだけで終わった。夜明けが近くなっても図柄を決めることができず、反古の山を築いただけだった。

翌日、おふゆは奉書紙を毛氈の上に置いた。

岩五郎はいない。夕べも帰ってこなかった。国藤は、工房にこもりきりのおふゆに声をかけることもしない。

「少しはお食べよ」

盆に握り飯と漬物をのせて、おなみが火鉢のそばに置いた。

奉書紙は文書を書くときにも用いられる。決して安い紙ではない。指で触れて厚みを確かめる。顔料がよく染み込みそうだ。その具合を試したい。

筆に墨を含ませ、奉書紙の上におろす。息を止め、何度も繰り返して描いた輪郭をこめかみから顎、耳のつけ根まで一気に引く。それから月代《さかやき》を剃《そ》った頭、結った髷《まげ》。障子越しの光が奉書紙に当たる。ふと思った。紙の厚みが、表情に滋味深さを加えるかもしれない。

輪郭を見下ろしながら、夕べと同じことを考える。

なぜ仕事を頼まれたのだろう……。いけない、迷ったままでは筆が進まない。

奉書紙を取り除《の》け、半紙を置く。まだ表情が決まらない。

目尻をきつく上げた顔、眉間に皺を寄せた顔。思いつく表情を描いてみる。

――路頭に迷って、野良犬みたいに死んでしまう。

あれが本心だ。心配でたまらないから、丸薬を懐に忍ばせて、日本橋から深川まで出かけた。足元から冷えが立ち上る寒い日に。

きっと、同情されて仕事を依頼されたのだ。わたしに親がいないから。

眉を下げ、目を細くする。口の両端を上げると、子どもに甘い父親の表情が浮かび上がった。銀次郎、銀次郎と優しく呼びかける声が聞こえてきそうだ。

これでいい。満足げにうなずいて筆を置いたとき、国銀が吐き捨てるように言ったことを思い出した。

――商売繁盛の神様とはね、いかにも商売人らしい。

鋭い言葉は、胸の中の靄《もや》を一掃する。

「違う。憐《あわ》れみじゃない」

子を持つ親としてではなく、長く商いに携わってきた人から注文を受けた。一人の絵師と認められ、覚悟に見合う仕事を頼まれたのだ。

奉書紙を毛氈の上に置くと、息を大きく吸い込み、長々と吐き出したあとに新たな絵を描きはじめた。


約束の日は、朝から乾いた風が吹いていた。

店の前を箒《ほうき》で掃きながら、時折おふゆは通りに目を向けた。若い娘が二人、寒いわねえと肩を寄せ合って通り過ぎる。大きな風呂敷包みを背負った小僧は、くしゃみを繰り返しながら歩いている。

掃除が終わる頃に、こっちに向かってくる国銀に気がついた。おふゆに気づいているだろうが、素振りも見せない。決して目を合わせずに、不機嫌を露わにして近づいてくる。

「絵はどうした」

店の前に立つと、国銀はぶっきらぼうに言った。

「ご注文の絵はできました。工房へどうぞ」

冷たい風に晒《さら》されて、国銀の顔は真っ白だ。火鉢に手をかざして熱いお茶を飲み、身体を温めた方がいい。

「いや、すぐにでも家に届ける」

さっさと用事を済ませたいようだ。

「それなら、お店の中でお待ちください」

今日は、ひときわ寒さが厳しい。風が吹き込まないように腰高障子《こしだかしょうじ》を閉めると、国銀は黙って店に入った。

描き上げた死絵に折り目をつけないように、おふゆは底が浅い箱の中に入れておいた。

「こちらへどうぞ」

短冊を隅に寄せ、台の上に箱を置く。平静を装っているが、おふゆの鼓動は激しく鳴っている。

「確かめてください」

国銀は無言で手を伸ばした。箱の蓋《ふた》を開け、絵を見た途端に動きが止まった。そのまま凝視する。

座している姿か、立ち姿か思案した末に、胸から上を描く大首絵に決めた。豊かな表情を引き出すためだ。

金右衛門の口元は引き締まっているが、眼差しは穏やかだ。大店の主人として重い責務を担いながらも、父親として不器用な思いを抱える姿を描いた。濃い橙《だいだい》色で皺の深さを表し、経てきた歳月を出す。べろ藍で染めた着物は重々しく、厳かだ。

上下へ、左右へ。絵の上で、国銀の視線は小刻みに動く。真摯《しんし》な目が告げている。わずかな瑕疵《かし》も見落とすものかと。

時に、一点を見つめたまま動かなくなる。そのたびに、息が止まりそうになった。再び国銀の視線が動き出し、おふゆはほっと息を吐く。

黄色い陽が障子に映る頃、国銀は絵から目を離した。視線を遠くに向ける。

「……思い出した。私に初めて絵を買ってくれたのは親父だった」

目の端に涙が溜《た》まっている。

商いに忙しかったから、家族で遊びに出かけたことはない。しかし、一度だけ家族四人で祭りに行ったことがある。芝《しば》の神明宮《しんめいぐう》だった。

「何でも好きなものを言いなさい。買ってやろう」

普段は厳《いか》めしい顔をしていたが、その日の金右衛門は上機嫌だった。

銀次郎は絵草紙屋の前で立ち止まり、台の上に置かれた「九尾《きゆうび》の狐」を指さした。

芝には、昔から絵草紙屋がたくさんあった。

おとよは「そんな気味の悪い絵」と顔をしかめ、金太郎は「変なやつ」と笑った。

これがいい、と言い張る国銀を二人は説得した。

「あっちに風車があるよ。それにおし」

「おれは大福にする。お前もそうしろ」

だが、金右衛門は二人をたしなめた。

「好きなものを選ばせてやりなさい」

これでいいんだな、と絵を手に取って見せた。銀次郎は力強くうなずいた。

金右衛門は金を払うと、銀次郎に絵を渡した。

今でも、鬼火を従えた狐の姿を覚えている。目が吊り上がり、大きく開けた口の中から赤い舌が見えていた。欲しい絵を買ってもらったことが嬉しくて、その夜は寝るまで飽かずに眺めた。

こぼれた涙は頬を伝って顎の先から落ちた。袖で顔を拭い、大きな音を立てて洟《はな》をすすると国銀は言った。

「私に、親が死んで流す涙があったとはね」

死絵を箱に入れ、風呂敷で包むと店を出て行った。

「国銀さん……」

後ろ姿が遠ざかっていく。見送るおふゆの額に、冷たい滴が落ちた。

乾いた街に、雨が音もなく降りかかる。しめやかな雨に雪が雑《ま》じる日も遠くはないだろう。

親を嫌いになりたいわけじゃない。だからこそ、辛い。

いっそのこと、心の底から親を憎んで、自分を悪者にした方が楽だ。どうせ薄情者さと、開き直って。

親との縁が薄いわたしには、わからない気持ちかもしれない。

それから間もなく十一月二十七日に改元が行われた。

ペリーが浦賀《うらが》に現れてから、幕府は異国との折衝に悩まされている。大坂では地震のあとに木津川《きづがわ》を遡上《そじょう》した津波が街を襲った。浅草で出た火事は一帯を焼き尽くし、芝居小屋も類焼した。

安政《あんせい》。新しい元号には異国の脅威や天地の災禍《さいか》を憂えて、安らかな政《まつりごと》を願う幕府の切実さが表れていた。

第二話　夜の金糸雀《かなりあ》

一

遠くで鳥の鳴き声がする。あれは何という鳥だろう。軽やかに、鈴を転がすような声で鳴く。夏の朝しか聞いたことがない。

夢うつつで頭はぼんやりしていたが、鳥の声に耳を澄ませている間にすっかり覚めた。身支度を済ませると、おふゆは足音を立てないように階段を下りた。

台所で瓶《かめ》の水を柄杓《ひしやく》で汲《く》み、手拭《てぬぐ》いを湿らせて顔や首筋を拭《ふ》く。夕べも暑かった。うっすらと汗をかいている。

手拭いを畳んで袂《たもと》に入れると、おふゆは工房に向かった。

「岩さん」

すぐに部屋の中から「おう」と返事がした。

岩五郎はどっかりと胡座《あぐら》をかき、腕組みをしている。黒い毛氈《もうせん》の上には一枚の武者絵があった。長い髭《ひげ》をたくわえた武将が栗毛《くりげ》の馬に乗っている。真っ赤な鎧兜《よろいかぶと》を身につけ、腰には長い剣を差す。

「できたんですね」

「うむ」

おふゆは絵のそばに座った。ちらりと岩五郎の顔を見る。

夜を徹して描《か》いたらしい。顔に脂汗が浮き、目が赤い。鬢《びん》のほつれも目立つ。

しかし、その表情には、大きな仕事を成し遂げた喜びが浮かんでいた。描き上げた武将のように、自信がみなぎっている。

「疫病退散の肉筆画や」

夏になると、腹具合が悪くなったり、皮膚に湿疹《しっしん》ができたりする病が流行《はや》りやすい。しかも、人から人へとうつる厄介な病だ。

魔除《まよ》けの意味がある赤い装束の武将は勇ましい。眺めているだけで心が奮い立つ。岩五郎に注文したのは武家の殿様か、それとも大店《おおだな》の主人か。いずれにしても、表装した肉筆画を重宝がり、喜んで座敷の床の間に飾るだろう。

武者絵に目を向けたまま岩五郎は言う。

「国銀はんも百鬼夜行《ひゃつきやぎょう》の肉筆画を描くんやで」

顔つきが険しくなった。

肉筆画に特別な思いを寄せる絵師は多い。一点物の掛け軸として表装されることは誇りとなる。摺物《すりもの》より値が高いので、板元《はんもと》は目をかけている絵師にしか依頼しない。

「しかも、源氏物語《げんじものがたり》みたいな絵巻にするんやと。国銀はんのことやから、長い巻物に傘小僧やら提灯《ちょうちん》お化けやら、ありったけの妖怪《ようかい》を描くと思うで」

仰々しいのう、と嘆息する。

「大方、百物語の余興にでも使うんやろなあ。今時そんな遊びをするなんて、どこのお大尽《だいじん》や」

「……すごいですね」

豪華な絵図を思い、ため息が出た。

さぞや国銀は張り切っていることだろう。百鬼夜行が評判になれば、さらに大きな仕事が舞い込む。名声が広く行き渡る。

気持ち悪い絵と見合いの相手から罵倒《ばとう》され、傷つけられた誇りは絵を描いて成果を出すことでしか癒《い》やされない。心から満足できる肉筆画を描き上げたら、国銀の顔に晴れ晴れとした笑みが浮かぶはずだ。

「わしかて、やったる。負けられへん」

そう叫ぶと、大きな音を立てて岩五郎が倒れた。

「岩さんっ」

おふゆは近寄り、岩五郎の口元に耳を寄せた。息をしているかどうかを確かめる。

しかし、たちまち工房を揺るがすような鼾《いびき》が鳴り響いた。精魂が尽き果てたようだ。

苦々しいことを口にしていたが、眉間《みけん》は大きく開いて、口元には笑みがある。呑気《のんき》な寝顔に拍子抜けした。

「……ゆっくり休んでください」

小声で言うと、押入から浴衣《ゆかた》を取り出し、岩五郎の身体《からだ》にかけた。もう一度、満足げな寝顔を眺める。

ふと、おふゆは岩五郎に羨望《せんぼう》を感じた。岩五郎にとって、国銀という同門の絵師がいることが、大きな張り合いになっているからだ。

一人きり、工房で腕を振るいながら、岩五郎は頭の隅にずっと国銀を置いているのだろう。同じように、国銀の傍《かたわ》らにも岩五郎の影がある。

女の自分は、男の絵師から同等の扱いを受けることはない。たとえ売れる絵を描いたとしても、真っ当な評価を得ることは難しい。

「女だから大目に見てもらった」

「女のくせに生意気だ」

いつまで経《た》っても「女」として生まれたことから抜けられない。まるで、出生したときからついて回る呪縛《じゅばく》のようだ。

一人で絵の道を目指す覚悟はあるものの、対等に励まし合える絵師が近くにいたら、どんなに心強いだろう。

かすかな寂寥《せきりょう》を胸に抱えて、静かに工房を出た。


遠くで午《うま》の刻を告げる鐘が鳴った。お天道様はすみずみまで地上を照らし、往来を歩く人の影は短い。軒下を選んで歩いても、強い日差しが肩や腕に降り注ぐ。

額の汗を手拭いで拭きながら、おふゆは佐野屋《さのや》に向かっていた。国藤から預かった絵は、露草を描いた肉筆画だ。葉の先端に蛍《ほたる》が留まり、丸くて小さな光を灯《とも》している。掛け軸にして部屋に飾れば、涼しい夏の夕べになりそうだ。

佐野屋に入ろうとすると、店から出てきた女とすれ違った。顔料の匂《にお》いに振り向き、おふゆは後ろ姿を見送った。笄《こうがい》でまとめた髪は灰色だが、細い背中をまっすぐに伸ばしている。還暦が近い人かしらと、見当をつけた。

手代《てだい》に取り次ぎを頼むと、すぐに店主の佐野屋喜兵衛《きへえ》が現れた。佐野屋と出会ったのは三年前のこと。普段は孫娘に甘い好々爺《こうこうや》だが、一人前の絵師になるための道をおふゆに厳しく諭《さと》す。

「これはこれは、冬女《ふゆじょ》さん」

嬉《うれ》しいことがあったのか、佐野屋は口の端を上げている。

「残念でした。ほんの一足、遅かったですね」

何のことですか、とおふゆは頭を傾《かし》げた。

「先ほどまで、冬女さんにとって先達《せんだつ》の方がいらっしゃったんですよ。紹介してあげられればよかったのですが」

さっきすれ違った人だ。慌てて振り返る。もう、そこに後ろ姿はない。

顔料の匂いに納得した。女の絵師だったのか。

「特別に見せてあげましょう。届けていただいたばかりです」

佐野屋は手代に言いつけ、奥に向かわせた。急ぎ足で戻ってきた手代は一枚の絵を持ってきた。

目の前で広げられ、おふゆは瞠目《どうもく》した。それは、小風呂敷《こぶろしき》ほどの肉筆画だった。

縁側に一人の女が座っている。庭の石灯籠《いしどうろう》には明かりが灯り、女の顔が浮き上がる。白い生地の浴衣には桔梗《ききょう》を散らし、花の芯《しん》まで鮮やかだ。背景は墨で塗りつぶされ、石灯籠の足も黒く染まっている。

光と闇《やみ》がくっきりと分かれた美人絵。細やかな筆遣いに息を呑《の》む。

「これは……紙じゃないですね」

触れたくなるのをかろうじて抑える。

「お気づきになりましたか。おっしゃる通りです。これは、奉書紙ではありません。絹布に描かれています」

厚手の紙で裏打ちしてあります、と言った。

絹布は、扱いが難しい画材だ。国藤も絹布より奉書紙を好んでいる。だが、絹布に描かれた絵は顔料が深く染み込むので、色が褪《あ》せにくい。

「大したものでしょう」

佐野屋は得意げだ。

「扱いにくい絹布に細やかな模様を描き込んでいます。しかも、苦心の跡を残さず、さりげなく描いたように見えます。熟練の絵師でなければ到達できない技です」

黙ってうなずく。気圧《けお》されて、声が出ない。

「これから掛け軸にするつもりです。床の間に飾れば、さぞや月見酒がおいしくなるでしょうね」

浴衣の花模様で、季節を先取りしているのも心憎い。

「いかがですか、冬女さん」

問われて、ぽつりと言葉が転がり出た。

「……本物みたいです」

色の塗り方を工夫して、身体に厚みを出している。まるで、生きている人を縮めて、そのまま絵に嵌《は》めたようだ。

「それに……闇が」

怖い、と言いかけた。石灯籠の足が闇に呑まれている。深くて濃い夜がひたひたと迫ってくる。

佐野屋は目を細めて言った。

「わざわざお見せした甲斐《かい》がありました。よいところを突いています」

「……ありがとうございます」

礼を述べたが、上の空だ。視線は絵に吸い寄せられたままだ。

この絵を描いた女の絵師は、自分よりはるかに年上だった。これだけの技を持っているのだ。長く描き続けてきたに違いない。ほかに、どんな絵を描くのだろう。

「お尋ねしてもいいですか」

「どうぞ」

「何というお方ですか」

絵の左端に号を入れているが、おふゆは読めない。

「これはですね」

応為栄女
佐野屋はゆっくりと号を読んで聞かせた。

「おういえいじょ……」

「はい。私どもは、お栄さんと呼んでいます」

おえいさん、と口の中で唱える。

「もう、よろしいですね」

佐野屋は手代に絵を渡した。

「持って行きなさい」

あっ、と声が出そうになった。手代は絵を両手に捧げ持ち、足早に店の奥に向かう。

その様子を目で追った。

「さて、今度はそちらの用事を済ませましょうか」

佐野屋が促すと、おふゆは耳のつけ根まで赤くなった。国藤からの預かり物を手にしながら、すっかり用事を忘れていた。

「あの、こちらを……」

風呂敷をほどきながらも、いま見たばかりの絵で頭の中はいっぱいだった。

店に戻ると、おふゆは台所に入った。

瓶の水を柄杓で汲み、湯呑みに満たす。一気に飲み干すと、頭が冷えたように感じられた。

動揺を悟られないようにしても、師匠の目を誤魔化すことはできないだろう。尋常ではないことがあったと、向かい合っただけで知られてしまう。

額の汗を丁寧に拭ってから、襖越《ふすまご》しに声をかけた。

「ただいま戻りました」

「ご苦労」

両手を添えて襖を開けると、国藤は部屋で文机《ふづくえ》に向かって書き物をしていた。

「用事は済んだか」

筆を動かしたまま問う。

「はい。佐野屋さんに絵をお渡ししました」

報告が済んでも、おふゆはまだその場に留《とど》まっている。国藤は手を止めた。

「どうした」

「はい。師匠にお尋ねしたいことがあります」

国藤は筆を置き、おふゆと向き合った。

「師匠はお栄さんという方をご存知ですか。応為栄女という号で、絵を描いていらっしゃいます」

ほう、と国藤は目を見開いた。

「佐野屋で聞いたのか」

「はい。絵を見せていただきました」

店先ですれ違ったこと、届いたばかりの絵を佐野屋は嬉しそうに見せてくれたことを話した。

「見事な腕前であろう」

師匠もご存知だったとは。返す言葉がない。

「栄女の父御は高名な絵師でのう。もうお亡くなりになったが」

親子で絵師と聞いて、さらに驚いた。

「儂《わし》ら歌川派とは付き合いがなかった。むしろ、常に対立していたように覚えておる。

ものだ」

だが、父御の絵は七変化を繰り返してのう。次はどんな絵を描くのかと、気になった

国藤は静かに話す。昔を懐かしむように、眼差《まなざ》しを遠くに向けている。

「写真《しょううつし》という言葉があっての。見たものをそのまま絵に描くことだが、存外、これは難しいことなのだ」

栄女たち親子が求めていた真髄はこれではないか、と国藤は言った。

「しょううつし……」

初めて聞く言葉だった。

「もうひとつ、お尋ねしてもよろしいでしょうか」

「何だ」

「どうして、お栄さんの絵を見かけないのでしょう」

目に留まった絵の号は、読めなくても覚えるようにしている。あとから、岩五郎や師匠に聞くためだ。

これまでに、応為栄女という号を見た記憶はない。今日のような絵を目にしたら、おふゆは穴が開くほど号を見つめて、頭に刻みつけただろう。

「不思議に思うのも無理はない。若い頃は挿絵《さしえ》も描いておったが、父御が亡くなった

あとは、お前が見たような肉筆画が多い」

そうだったのか、と得心した。

肉筆画は一点物で、店頭に並ぶことはない。身代のある武家や商家などが直々に、板元や絵師に頼む。栄女の絵は人目に触れることなく、秘匿されてきたのだ。

「父御が亡くなられたあとは、武家や商家の子女に稽古《けいこ》をつけておるそうだ」

出稽古ばかりらしい、と言い添えた。

「余計なことだ。真実はわからぬ」

国藤は文机に向き直った。

二

あれは一年前のこと。水でぼかし、光と影を表した絵を描いたことがある。佐野屋から依頼された、八代目市川團十郎の死絵だ。酷《むご》い亡くなり方が痛ましくて、微笑しながら誰かと向かい合う姿を描いた。

まるで生きているように。本物のように。ひたすらに心がけて描き上げた。死絵を受け取った佐野屋は満足げに見えた。おふゆ自身も、生前の心優しい八代目の素顔を描き切れたと思っていた。

だが、お栄の絵を見て自信は打ち砕かれた。いつの間にか慢心していたのだろう。自分の技の拙《つたな》さがわかり、恥じ入った。

端から端までじっくりと眺めていたから、いつでも絵の詳細を頭の中に浮かべることができる。佐野屋で見た肉筆画には、深くて濃い闇が描かれていた。暗いからこそ、石灯籠の明かりが引き立つ。絵に描かれた光をまぶしく感じた。

黒く染まった石灯籠の足を、脳裏に浮かべるたびに怖くなる。明かりがなければ、夜の闇は恐ろしいものだと思い知らされる。

あんな絵を初めて見た。どこの地本問屋にも置いてない。

お栄の絵に気を取られて、近頃はぼんやりすることが増えた。ふとした拍子に思い浮かべると、浴衣の柄や女の表情まで鮮明に甦《よみがえ》る。

「おふゆちゃん、どうかしたのかい」

おなみに声をかけられ、我に返る。二人は台所に立っていた。

手元を見ると、一本の胡瓜《きゆうり》が微塵《みじん》になっていた。細かく刻みすぎた。

「すみません。千切りにするつもりだったのに」

「いいよ、いいよ。これは冷や奴《やっこ》の上にかけたらどうだろうね。さっぱりする薬味になりそうだ」

平謝りして、豆腐に胡瓜をかけた。まるで木の芽田楽《でんがく》のようだ。

昼餉《ひるげ》のあとは、工房で画帖《がちょう》を開いた。お栄の絵を思い浮かべながら描いてみたい。

硯《すずり》に水を入れようとして、気がついた。水差しが軽い。空っぽだ。

「うっかりしていたわ」

水差しに水を足そうと、瓶の前に立つ。

ひんやりした台所の暗がりが目に入り、石灯籠が頭に浮かんだ。

石灯籠の足を染める黒い闇。だが、闇は家の中にも外にもある。気づいて、捉《とら》えて、描けるかどうか。それは絵師の技量にかかっている。

瓶の前で立ち尽くしていたら、

「おい、おふゆ」

岩五郎に呼ばれた。

びくっと身体を震わせた途端に手が滑り、陶器の水差しを足元に落とした。土間に水色の破片が飛び散る。

「何をやっとるっ」

岩五郎に怒鳴られ、おふゆは青ざめた。

「ご、ごめんなさい……」

　おふゆはしゃがみ、急いで拾おうとした。

「阿呆《あほう》っ、そんなことしたら」

「痛い」

　破片で指を切った。人差し指の先から血が出ている。

　惜しいことをした。使いやすいし、水がたっぷり入るので、とても気に入っていた水差しだったのに。

「こういう時はな、箒《ほうき》とちり取りを使わんと」

　台所の隅に立てかけてある箒で、破片を寄せ集める。その様子を横目で見ながら、岩五郎はおふゆをたしなめた。

「この頃どうかしとるで。道具を粗末にするなんて、もってのほかや。暑さのせいで頭が回らんのとちゃうか」

　小言を耳にしながら、おふゆは黙って箒を動かした。

「……しゃあないな」

　大きなため息をつく。

「ほかしたら、外へ行ってこい。しばらく頭を冷やした方がええ」

　懐《ふところ》から財布を出した。

岩五郎から小銭を受け取り、おふゆは自分の巾着《きんちゃく》の中に入れた。

「卯の屋で水ようかんを買うてこ《こ》い。多めにな」

早う行けと追い立てられる。おふゆは、画帖と矢立《やたて》を入れた風呂敷包みを忘れずに持って出た。

お天道様は空の真ん中にある。庇《ひさし》の短い影を辿《たど》りながら歩く。

両国橋の近くには虫売りの屋台が出ていた。籠《かご》の中にいるのは鈴虫だろうか。光のまぶしさに、籠の中で身をひそめている。

大川《おおかわ》はゆったりと流れていた。日差しを受けて、水面《みなも》に光の粒がきらめく。

「きれい……」

おふゆは立ち止まり、しばし眺めた。

この光を逃したくない。画帖に描き写したい気持ちに突き動かされる。

風呂敷包みをほどこうとしたが、

「邪魔だよっ」

行商人に怒鳴られた。笠《かさ》をかぶり、四角い箱を背負っている。

「すみません」

ちっ、と行商人は舌打ちをして去った。

炎天の下、商いをする人々が行き交う。迷惑になってはいけないと道の端に寄り、画帖と矢立を片付ける。代わりに、しっかりと大川の水面を目に焼きつけた。

卯の屋に着くと、ほっとして店の前に出ている床几《しょうぎ》に座った。卯の屋は、おふゆが江戸に来てから懇意にしている茶屋だ。熱いお茶と甘い菓子に、ひとときの安らぎを得ている。

すぐに画帖を開き、筆を執った。忘れないうちに描き留めたい。小波《さざなみ》の細かい光を。青鈍色《あおにび》の大川を。

それから、岸でそよぐ柳の木。水の上を渡る風が見えるように。

一心に筆を動かしていたら、画帖に影が落ちた。

「上手《うま》いなあ」

顔を上げると、寅蔵《とらぞう》が画帖を見下ろしていた。寅蔵は、母親と二人で卯の屋を切り盛りしている。おふゆより五つ年上で、長く菓子屋で奉公していた。寅蔵がこしらえる菓子は団子も饅頭《まんじゅう》も絶品で、昼下がりには多くの客が来る。

「これは大川かい」

そうです、と恥じ入りながら答えた。寅蔵が近づいてきたことにも気づかないほど、夢中になって描いていた。

「おふゆちゃんの絵をじっくり見たのは初めてだ。すごいな、本物の川が流れているみたいだ」

画帖からおふゆに目を移して言った。

「本当に絵を描くのが好きなんだね」

「はい……」

好きです、と言おうとして顔が強張《こわば》った。

寅蔵に、父親が描いた絵を見せる約束をしたことを思い出した。心の隅にずっと留めているのに、まだ見せたことがない。

「ごめんなさい。また南天の絵を持ってくるのを忘れました」

見てもらいたいのに、どうかしている。気持ちが浮つき、大切なことを片っ端から忘れてしまう。

「構わないよ。大事なものだから、外に持ち出さない方がいいし」

寅蔵は明るく言ったが、おふゆの顔は晴れない。

「んだ。急ぐことはねえって。まずは、水でも飲みな」

暑かったべ、とおりんが湯呑みを差し出した。おりんは寅蔵の母親だ。亭主を病で失ったあとも、おかみとして店を支えている。仙台の出身なので、おふゆはおりんのお国言葉を聞くと、旅籠《はたご》で過ごした幼い頃を思い出す。

「……いただきます」

礼を言って受け取り、湯呑みに口をつける。すっかり喉《のど》が渇いていた。一気に飲み干したおふゆを、おりんはじっと見つめた。

「おふゆちゃん、何かあったのかい」

心配そうな眼差しをおふゆに注ぐ。

「わたし……」

湯呑みを両手で包んだままうつむいた。

「この頃、うっかりすることが多いんです。大切な水差しを割ってしまったから、頭を冷やしてこいって外に出されました」

しっかりしなくちゃいけないのに、卯の屋に来ると気がゆるみ、悩みや迷いが顔に出る。

「ご心配をおかけしてすみません」

「なあに。それだけ、おふゆちゃんが心を開いてくれてるってことだべ」

おりんはにっこり笑って寅蔵を見たが、

「お袋っ」

鋭くたしなめられた。

「……ご迷惑でしたか」

二人の顔を見比べて、申し訳ない気持ちになった。

「そっだことねえよ、頼りにしてもらって、こっだに嬉しいことはねえもの」

なっ、寅蔵と言いかけて、おりんは口をつぐむ。寅蔵の顔は耳まで赤い。

「さあて、仕事すっぺ」

おりんは朗らかに言う。

「おふゆちゃん、ゆっくりしていってけさい」

空の湯呑みを盆にのせて、おりんは店の中に入った。

その後ろ姿を見送りながら、中にいる客に目が留まった。床几の上にお茶を置き、白くて小さい板のような菓子を食べている。

客は縞《しま》の着流しで恰幅《かっぷく》がいい。甘党の番頭がひと休みをしに来たのだろう。おりんと親しげに話している。

「あのお菓子は何ですか」

雪のような白さが目にまぶしい。

寅蔵は店の中を振り返り、

「ああ、あれはね」

微笑して言った。

「『しおがま』っていう落雁《らくがん》だよ。奥州《おうしゅう》の名物でね、細かく刻んだ紫蘇《しそ》が入っているから、口当たりがよくて、さっぱりする。今の季節にちょうどいいと思って、出してみたんだ」

「おいしそうですね。ひとついただけますか」

すると、寅蔵は頭をかいた。

「ごめんよ。少ししか作らなかったから、もう売り切れたんだ。もっとこしらえればよかったな」

眉《まゆ》を下げ、心底から済まなそうな顔をしている。おふゆは慌てた。

「いいんです、また来ますから。その時を楽しみにしています」

立ち上がろうとして、

「あ、いけない」

座り直した。

「岩さんから水ようかんを頼まれていました。五つお願いできますか」

岩五郎がふたつで、あとはひとつずつ。

「それならある。しおがまを出せなかった分、少しおまけをするよ。そうだ、おかきをつけよう」

寅蔵の顔に笑みが戻った。小走りで店の奥へと向かう。

「……本当にぼんやりしている」

水ようかんを忘れて帰ったら、またお小言だ。

ため息をつきながら画帖をめくり、大川の絵に触れてみる。指に墨の跡がつかない。絵はすっかり乾いていた。

三

翌日、おふゆは国藤が描いた短冊を丁寧に台の上に並べていた。

朝顔、撫子《なでしこ》、紫陽花《あじさい》。短冊に季節の花がみずみずしく描かれている。壁に貼《は》ったら、涼しい風を呼びそうだ。

並べた短冊をうっとり眺めていたら、

「ごめんください」

子どもの声に、おふゆは振り向いた。店の中から急に外へ視線を移したので、光のまばゆさに目がくらんだ。

「佐野屋から参りました。こちらに冬女さんはいらっしゃいますか」

生真面目《きまじめ》な口上を述べたのは、前掛けをつけた小僧だった。十をひとつかふたつ、過ぎた年だろうか。急いで来たらしく、顔が汗ばんでいる。

「冬女はわたしですが」

おふゆが名乗ると、小僧は懐から書状を取り出した。

「手前どもの主人が、冬女さんにご用があるそうです」

「わたしに」

絵を描く仕事かしら。

「つきましては、これを」

おふゆに書状を差し出した。

「国藤師匠にお渡し願いたいとのことでした」

「承知いたしました」

おふゆは腕を伸ばした。日が照る中、せっせと歩いてきたようだ。書状はしんなりと湿っている。

「それでは失礼いたします」

書状を受け取ったのを見て、小僧は帰ろうとした。

「ちょっと待ってください」

小僧を呼び止め、台所に向かう。

すぐに戻り、

「お水をどうぞ。三島町《みしまちょう》は遠いでしょう」

水をたっぷり入れた湯呑みを手渡した。

「いただきます」

顔を上向けて飲み干すと、小僧はほっと吐息をついた。その時だけ、子どもらしくあどけない表情になった。

「ごちそうさまでした」

湯呑みをおふゆに返すと、小僧はきりりと奉公人らしい顔つきに戻り、陽《ひ》の当たる往来へと出て行った。

部屋で仕事をしていた国藤に、佐野屋の書状を渡した。どんなことが書いてあるのだろう。落ち着かない気持ちをなだめつつ、無言で頭《こうべ》を垂れる。

正座するおふゆの前で、国藤は書状を開いた。じっくり目を通したあとに、折り目の通りに畳んで文机の上に置いた。

「お前に来てもらいたいようだが、急ぎの仕事はあるか」

「いいえ、ありません」

首を横に振った。やはり仕事の依頼だろうか。

「すぐに佐野屋へ行きなさい。……岩五郎」

襖を開け、岩五郎が顔を出した。顔を真っ赤にして、ねじり鉢巻きをしている。

「店番を代われ」

へえ、と鉢巻きを外した。

「……ありがとうございます」

師匠と兄弟子の心遣いを有難く受け取った。

おふゆは佐野屋に向かった。汗が噴き出て、額を拭いながら歩く。気が急《せ》いて足がもつれ、うっかり転びそうだ。

芝口《しばぐち》一丁目に入ったら、風が顔にあたった。海の香りがする。

立ち止まって胸いっぱいに吸い込み、ひと呼吸を置いてから三島町に足を向けた。

このあたりには地本問屋がたくさんある。鮮やかな錦絵《にしきえ》に目を奪われそうになるが、まっすぐに前を見て佐野屋へと急いだ。

箱看板が見えたとき、おふゆの足が止まった。所在なさそうに、店の前に立つ女の姿に見覚えがある。

鼠《ねずみ》色の小袖《こそで》は着古したもので、浴衣のように生地が薄い。灰色の髪を丼で無造作にまとめており、顔に化粧っ気はなく、頑丈そうな顎《あご》を持つ。

すぐにわかった。お栄さんだ。近づけば、また顔料の匂いがしそうだ。

お栄が振り向いた。にこりともせず、口をへの字に曲げておふゆを見ている。

店先で立ち尽くすおふゆに手代が気づいた。

「旦那《だんな》様っ」

呼びながら奥に消えると、佐野屋が顔を出した。

「お早いお着きでしたね」

佐野屋は上機嫌だ。

「いかがでしたか、お栄さん」

にこやかに、仏頂面のお栄に話しかける。

「お気に召すような絵はありましたか」

「まだまだだね。流行りものばかり置いてるようじゃ先が見えてるよ。暇つぶしにはちょうどよかったけどさ」

　冷めた物言いに、佐野屋は愉快そうに笑った。

「さて」

　笑みを消し、おふゆに言う。

「冬女さん、こちらの方がお栄さんです。前にも話した通り、あなたの先達にあたる方ですよ」

　小僧が息せき切って駆けつけた理由がわかった。店にお栄が現れたので、おふゆを呼び出したのだ。

　こちらは、と佐野屋はお栄に顔を向けた。

「冬女さんとおっしゃって、歌川国藤師匠のお弟子さんです」

　ご挨拶《あいさつ》を、とおふゆに目で促す。

「……ふゆと申します」

　硬い表情で一礼する。お栄は頭をそびやかしたままだ。

「お若いのですが、冬女さんはとても熱心な方です。お栄さん、冬女さんに指南してやってくれませんか」

　どうぞと座敷へ招こうとしたが、

「顔合わせは済んだ。もう十分だろ」

お栄はすげなく断った。

「あたしは絵を届けに来ただけさ。長居は無用だ」

佐野屋は残念そうに言った。

「それでは、店先でほんの少しでも。この暑い中、せっかく冬女さんをお呼びしたのですから」

仕方ない、とお栄は上がり框《かまち》に腰をかけた。身体ひとつ分の間を空け、おずおずとおふゆも隣に座った。

佐野屋が店の奥に姿を消してから、お栄は口を開いた。

「あんたの師匠のことは知ってるよ。品のいい花の絵を描く人だ」

「ありがとうございます」

師匠を褒められて嬉しくなった。礼を言ったおふゆを横目で見て、

「どこかで会ったことがあるかねえ」

お栄はつぶやいた。

「女の絵師ってえのは厄介でね、男より上手く描いても、女だてらに絵を描いてって陰口を叩かれる」

でも、親父《おやじ》から言われたことはない。

「親父が絵師だったから、あたしは、墨や顔料の匂いを嗅《か》ぎながら育った。物心つく前に筆を持っていたそうだよ」

生前の父親を語るお栄は得意げだ。目元もやわらいでいる。

「あたしはね、美人絵なら敵《かな》わないと、親父に言わせたことがあるんだ」

不意に、お栄は真顔になった。

「悪いね、くだらない昔話をしちまった。それで、あんたはあたしに何を聞きたいんだい」

おふゆは身体をお栄に向けた。

「佐野屋さんに絵を見せていただきました。石灯籠の絵です」

お栄は顔をゆがめた。

「佐野屋め。余計なことをして」

「お願いします。わたしに絵を教えていただけませんか」

「何を言ってるんだい。あんたには師匠がいるだろう」

「お栄さんにも学びたいんです」

むすっと口を閉じ、しばらく考えてからお栄は言った。

「……親父も、いろんな師匠に学んでた」

絵師ってえのは欲が深い。

「しょうがないね。ただし、手取り足取り教える暇なんかない。見て覚えな」

はい、とおふゆは返事をした。

「あんた、どこに住んでるんだい」

「米沢町です」

「五日後、辰《たつ》の刻。浅草御門《あさくさごもん》で待ってな。出稽古先に連れて行ってやる。番町《ばんちょう》の旗本屋敷だから、遠くはない」

口早に告げると、お栄はさっと立ち上がった。


工房に戻ると、おなみが店番をしていた。

「お帰り。暑かっただろう」

団扇《うちわ》を扇《あお》いで、おふゆに風を送ってくれた。その団扇には、国藤が描いた百日紅《さるすべり》の花が描いてある。群れて咲く小さな花たちが愛らしい。

「おかみさん、わたしが店番をします」

岩五郎の姿が見えない。仕事に戻ったのか。

「いいんだよ。岩五郎なら湯屋《ゆや》に行かせた。汗臭くって、たまんないからさ。酒代を湯屋に回しなって、言ってやったよ」

あれじゃあ、客が寄りつかないと呆《あき》れ顔だ。

「それより、佐野屋に行ってきたんだろ。うちの人に話した方がいいんじゃないか」

「はい、そうですけど」

「こっちはいいよ。話が終わったら、少しお休み」

ぱたぱたと、団扇で扇ぎ続ける。

「おふゆちゃんこそ百日紅みたいだ。ほんのり色づいてさ」

あとで西瓜《すいか》を出してあげるよと、うきうきした様子で言った。


国藤の部屋で、おふゆはお栄と会ったことを話した。

「……突然お店にいらっしゃったお栄さんを引き留めて、わたしを呼んでくださったのです」

うむ、とうなずく。国藤はまったく驚かなかった。書状に詳しく書いてあったのかもしれない。

「どのような様子だった」

問われて、おふゆは眉を寄せた。

まったく愛想はよくなかったが、絵師だった父親のことになると、誇らしげに話をした。着ているものは立派とは言えない。髪もぞんざいにまとめていた。

「まあ、よい。まだ父御が存命だった頃に見かけたきりだが、今もさほど変わってはおらぬのだろう」

目尻《めじり》に皺《しわ》を寄せた。年を重ねると、昔話をするときに目元がゆるむ。

「今日も絵を見たのか」

「いいえ……」

「ならば、昔話を聞いて終わりか」

おふゆは膝《ひざ》の上で拳《こぶし》を作り、言うべきか、黙っているべきかと迷った。

――わたしに絵を教えていただけませんか。

咄嗟《とっさ》に出た言葉だった。お栄だけではなく、おふゆ自身も驚いた。

――あんたには師匠がいるだろう。

断られたのは当たり前のことだ。国藤師匠の元で学んでいる身だというのに。

ほかの者から教えを請うたことを話したら、どういうことだと、咎《とが》められるのではないか。

「大変申し訳ございません」

おふゆは畳に手をつき、打ち明けた。

「わたしは、お栄さんに絵の指南をお願いしました」

あっさり断られたことも話した。尚《なお》も食い下がると、お栄は思案した末に承諾した。

出稽古先に連れて行ってやる、と。

「それはどこだ。商家か、それとも武家か」

「お旗本のお屋敷と伺いました」

「ほう……」

思案げな顔を見て、おふゆは畳に頭を擦《こす》りつけた。

「師匠にお伺いを立てず、勝手に決めてしまったことをお詫《わ》びいたします」

国藤は顔色を変えずに言った。

「せっかくのご厚意だ。有難くお受けしなさい」

おふゆは手をついたまま顔を上げた。

「よろしいのですか」

以前、歌川派とは付き合いがない絵師だと話していた。

「さまざまな流派から学ぶことを悪いとは思わぬ」

何より、と言い添える。

「佐野屋が骨を折ってくれたのだ。無下にすることはない」

おふゆの顔が明るくなった。

「ありがとうございます。たくさん学んで参ります」

弾んだ声で礼を述べた。

ただし、と国藤は釘《くぎ》を刺す。

「手強《てごわ》い女人だと聞いておる。覚悟はできておるか」

「はい」

心構えをしておこう。

「ならば、儂が言うことは何もない。さまざまなものを吸い取ってきなさい」

すべては、よい絵を描くため。ひたすらに腕を磨き、精進する。

「話は終わったのかい」

すっ、とおなみが襖を開けた。

「おふゆちゃん、西瓜を切ってきたよ。縁側で食べよう」

切り分けた西瓜を盆にのせている。

「井戸に吊《つる》しておいたから、いい具合に冷たくなってる。うちの人には、これ」

冷えに弱い国藤のために、薄く切った西瓜を青磁の皿にのせて出した。

「店番は気にしなくていいよ。戸を閉めてきた。あたしらは、思い切り種を飛ばして食べよう」

さあ、さあとおふゆを促す。

「おかみさん、それはないやろう。わしがおらん隙《すき》に」

岩五郎が縁側から現れた。

「おや。いい時に帰ってくるねえ、岩五郎は。仕方ないね。あんたもお食べ」

「なんや、わしはついでかいな」

苦笑する岩五郎からは糠袋《ぬかぶくろ》の匂いが漂う。

三人で縁側に並び、西瓜にかぶりついた。風が軒下の風鈴をかすかに揺らす。

夏の盛りを堪能《たんのう》するように、蟬《せみ》がひときわ高く鳴いた。

四

五日後、おふゆはお栄に連れられて番町を訪れた。

武家屋敷が建ち並び、長い塀が続く。重々しさに気後れがして、足音すら憚《はばか》られる。

ちょうど登城する時刻で、中間《ちゅうげん》を従えた武家とすれ違う。そのたびに道の端に寄り、こわごわと二本差しを見送った。

「ここだよ」

ある屋敷の前でお栄が立ち止まり、おふゆは隣に並んだ。

厚みのありそうな門は固く閉ざされている。お栄は、その脇《わき》にある潜り戸《くぐど》を叩いた。

戸はすぐに開き、お栄に続いておふゆも中に入ることを許された。

門から屋敷までは、鉛色の丸い敷石が点々と続く。屋敷を囲むように松の木が植えられており、色とりどりの花は見当たらない。墨色の屋根瓦《やねがわら》に、白い壁。お武家様のお屋敷らしいと、おふゆはこっそり思った。

お栄は玄関の前に立った。そこは妻女が使う内玄関で、表玄関より狭い。戸は開けてあり、お栄は奥に向かって声をかけた。

「ごめんください」

間もなく足音が近づいてきた。

「先生、いらっしゃいませ」

「奥様、今日は無理を申し上げて失礼いたしました」

「さようなことはありませぬ。お上がりくださいませ」

妻女は瓜実顔《うりざねがお》で目が大きく、にこやかに微笑《ほほえ》んでいる。浅黄《あさぎ》色の薄物を着て、裾《すそ》を長くしていた。

「そちらの方がお弟子さんですか」

おふゆは深く頭を下げた。挨拶を述べるつもりだったが、緊張して声が出ない。

顔を上げると、おふゆと妻女の目が合った。妻女が目を見張ったので、どうかした
のだろうかと少し不審に思った。

しかし、妻女は何事もなかったように微笑を戻した。

「どうぞ」

裾を引きずりながら、妻女は奥へと案内した。

通された座敷には、文机に向かう娘がいた。薄紅の振袖を着て、赤い縮緬《ちりめん》の手絡《てがら》が
白い肌によく似合う。お栄とともに入ってきたおふゆに、娘はじっと目を向けた。

お嬢様、とお栄が呼びかける。

「この人はね、今日だけの弟子なんです。どうか学ばせてやってくださいね」

娘はうなずいた。

「……紫乃《しの》と申します」

小声で名乗った。丸顔で、瞳《ひとみ》は濡《ぬ》れたように黒々としている。

妻女は、優しい眼差しで娘を見つめながら言った。

「この春で十五になりましてね、そろそろ婿を探さねばならない年頃です」

紫乃は恥ずかしそうに顔を伏せた。

おふゆも名乗り、畳に手をつきながら、ふと思った。妹がいたらこんな感じかしら。すぐに「身分が違うのに」と思い直したが。

「それでは、よろしくお願いいたします」

妻女が座敷を出て行った。庭に面した戸を開けているので、外から涼しい風が入ってくる。

「では、お稽古を始めましょう」

お栄は文机のそばに座った。風呂敷包みを解《ほど》こうとしたが、紫乃の顔に目を留めた。

あら、とおふゆも紫乃を見る。

紫乃の目の縁には、泣いたような赤い跡があった。

「お嬢様、どうかなさいましたか」

お栄が尋ねると、紫乃はぴくりと肩を上げた。

「心に雲がかかっていたら、そのまま絵に出てしまいます。お嬢様は、暗くて悲しい絵を描きたいのですか。お稽古を始める前に、よろしければ泣いた理由を聞かせてください」

紫乃の睫毛《まつげ》が細かく震えた。

「先生、どうしましょう……」

細い声でお栄に縋《すが》る。

「……金糸雀がいなくなりました」

かなりあ。耳にしたことがある。

見たことはないが、異国からもたらされた小鳥らしい。鳥を描くのが好きな絵師はこぞって画材にしたがる。しかし、数が少ない上に値が高く、なかなか手に入らないと聞いた。

「金糸雀が出て行ってしまったのですか」

「はい……」

紫乃は縁側に目を向けた。おふゆも視線を追う。そこには、小さな行李《こうり》ほどの鳥籠があった。中に渡した棒の上に、小鳥の姿はない。

「いなくなったのはいつですか」

「昨日の夕方です」

「そのことを奥様はご存知ですか」

小さくうなずいた。

「金糸雀の世話をするのは私です。黙っているつもりでしたが……」

「お嬢様に元気がなかったら、おかしいと思われますものね。奥様から叱《しか》られたのですか」

いいえ、とかぶりを振った。

「諦《あきら》めなさい、と言われました」

「そうでしたか」

お栄は頭を傾ける。

「それにしてもおかしいですね。小鳥が籠を開けられるはずがありません」

紫乃は首を縮めた。ますます顔の色が白くなる。

「もしや、盗人《ぬすびと》が入ったのでしょうか。高価な鳥ですから、狙《ねら》っている盗人は少なくないでしょう」

紫乃は観念したように打ち明けた。

「餌《えさ》をあげようと、籠を開けたときに逃げました……」

「珍しいですね。大人しい鳥なのに」

お栄が言うと、紫乃の目にみるみるうちに涙が溜まり、ほろりとこぼれた。

「……私が悪かったんです。手に乗せようとしたから」

金糸雀は嫌がり、縁側から飛び去ったという。

「お嬢様が金糸雀を手懐けたい気持ちはよくわかります。けれど、金糸雀は用心深くて、人に懐かないいんですよ」

お栄は、しおれている紫乃からおふゆに視線を移した。

「金糸雀を見たことがあるかい」

「ありません」

それなら、とお栄は畳の上に毛氈を敷き、半紙を置いた。

「見ててごらん」

硯や絵皿を手早く並べ、紫乃の水差しを借りて墨を磨《す》った。筆に墨を含ませると、半紙の上に滑らせた。たちまち一羽の小鳥が現れた。丸い頭は、なだらかな背に続く。尾は太くて短く、足の先には鋭い爪がある。

次に、黄色い顔料を水で溶き、小鳥の身体を塗った。羽を畳み、円《つぶ》らな瞳を向けている。顔料が乾いたことを確かめると、墨で羽と背中に縞模様を入れた。

一瞬もためらうことのない、流れるような筆遣いだった。

「……まあ、そっくり」

紫乃の涙が止まった。

おふゆは口を利くこともできずに、描かれた絵を凝視した。

お栄の頭の中には、金糸雀の頭から尾の先まで入っている。望むままに手を動かし、そのまま紙の上に表した。……いや、望むこともしていないのではないか。描こう、という気負いを感じなかった。息を吸い、吐くように描いていた。

「お嬢様、今日のお稽古はこれです。この絵を見て、金糸雀を描きましょう。戻ってくるようにと、願いを込めて」

はい、と紫乃はうなずき、墨に手を伸ばした。ゆっくりと墨を磨る。どうかお家《うち》に帰ってきて。真摯な表情から、健気《けなげ》な願いが伝わってくる。

「丸みを帯びた頭を描くときは息を止めて、一気に線を引きます。途中で息を吐いてはいけませんよ。線がゆがんでしまいますからね」

黄金色の頭に、糸のように細い足。雀《すずめ》みたいに小さい身体。

お栄が教えるように、紫乃は懸命に筆を動かした。すると、ゆがんでいた金糸雀の形がきれいに整った。

傍らで見ているだけなのに、おふゆは手に汗を握っていた。お栄の指南に揺らぎはない。短所を見極め、うまく導いている。

「……でも」

声を漏らすと、お栄は一瞥《いちべつ》した。

一人前の絵師になるための指南を受けたら、どれだけ上達するのだろう。

稽古が終わり、二人は屋敷を辞した。潜り戸から往来に出ると、お栄はやれやれと肩を叩いた。

「お武家様の前では、丁寧な物言いをしなくちゃいけないから肩が凝る。奥様はちっとも怖い人じゃないんだけど」

手討ちにされるのはごめんだ、と肩をすくめた。

おふゆは、笑みを絶やさずに朗らかだった妻女を思い出した。だが、内玄関で見送る妻女の眼差しは真剣だった。わたしの素性に怪しいものを嗅ぎ取ったのだろうか。もう顔を合わせることはないだろうが、気にかかる。

「仕事とは言え、くたびれた」

頭が痛むのか、こめかみを人差し指で突く。

「あたしの弟はお武家様の養子に入ったけど、たとえ身内でも二本差しに慣れることはないね」

「こちらのご当主は厳しいお方なのですか」

色が乏しく、厳《おごそ》かな庭の造りを見て感じた。厳格なお武家様ではないかと。

「いいや。一度しかお会いしたことがないけど、このお屋敷の殿様は優しいお方だよ。金糸雀もさ、上役が持て余したのを殿様が引き取ったんだ。お嬢様はとても気に入ってたんだけどね」

かわいそうなことになった、とため息まじりに言った。

「ところで、少しは学ぶところがあったかい」

お栄に問われて、おふゆは返答に詰まった。正直に言ってもよいのか迷う。

「あんた、嘘《うそ》のつけないたちなんだね。わかってるよ。旗本屋敷のお嬢様にとって、絵を描くことはほんの手慰みのひとつさ。絵師のあんたにとって、物足りない稽古だったんだろ」

「けど、お栄さんが描いた金糸雀にはびっくりしました」

ためらうことなく輪郭を描き、小筆の先で細やかな模様を入れていた。

一連の動きを見ているうちに、欲が出た。もっと学びたいという気持ちが強くなり、飢えや渇きを感じた。

縋《すが》るような目をしているおふゆに頓着《とんちゃく》せず、お栄は聞いた。

「あんた、ここから一人で帰れるかい」

「はい」

「気をつけてお帰り。あたしは寄るところがあるんでね」

もしや、鳥を探しに行くのか。

おふゆの顔色を読んで、お栄はくくと笑う。

「あたしに鳥探しは無理だよ。でもね、駒込《こまごめ》の組屋敷に鳥刺しの知り合いが住んでるんだ」

以前、佐野屋が話していた。鳥が好きな孫娘のために、知り合いの鳥刺しから山雀《やまがら》をもらったと。

「ここから近いし、寄ってみようと思ってさ」

急《せ》いた口調で言った。

別れる前に話してみようか。まだまだ学び足りない。もう一度、学ばせてもらえないかと。

「あの……」

しかし、おふゆに問う隙を与えず、お栄は背を向けた。

「もうすぐ日が暮れる。とっとと帰りな」

呼びかけようとしたが、その足取りは思いがけず速かった。

長く後ろ姿を見つめたあとに、おふゆは諦めて米沢町へと向かった。心の底には、泥のような未練が残った。

番町から駒込までは、お栄の足で半刻《はんとき》かかる。

午後の日差しは厳しい。時折、立ち止まって顔を手で扇ぐ。駒込が近づくにつれて、田や畑が多くなる。鳥の鳴き声がしないのは暑さのせいか、それとも俊敏な鳥刺しを怖れるためか。

駒込の屋敷に着くと、お栄は訪《おとな》いを入れ、潜り戸から中に入った。配下の者たちが住む部屋が長屋のように連なっている。大半は出かけているのか、静まり返っていた。

端の部屋の前に立ち、お栄は声をかけた。

「いるかい、辰次《たつじ》さん」

中でがたごとと音がしたあとに、戸が開いて男が顔を出した。わずかな白髪を髷《まげ》にしているが、痩《や》せた背中は伸びている。肌は黒く焼け、白目がやけに目立つ。

「こりゃあびっくりした。先生んとこのお嬢じゃねえか。女だてらにこんなとこまで来るなんざ、ちっとも変わってねえな」

ふん、とお栄は鼻先で笑った。

「そんな台詞《せりふ》は聞き飽きた。男も女もねえだろ。用があるから来ただけさ」

お栄をまじまじと見つめたあとに、辰次は嘆息まじりに聞いた。

「……先生が亡くなってから何年になる」

「こないだ七回忌を済ませたところさ」

「早えなあ。五年、六年はあっと言う間だ」

「まったくだ。人の世じゃ、月日は風みたいなもんだ。ぼやぼやしてたら、あたしもあんたも仏さんになっちまう」

怖い怖い、と辰次は身震《みぶる》いした。

「ところでさ」

真面目な顔になって、お栄は話しはじめた。

「今日はひとつ相談があって来たんだよ」

「なんでえ、あんたに借りはねえはずだぜ」

辰次はたじろぎ、後ろに下がった。

「いいから、ちょっと見ておくれ。あんた、親父どのが生きてた頃はずいぶん小鳥を売りに来てたね。中には、外に流しちゃまずい鳥もあったんじゃないのかい」

「ちっ、これだからお嬢は煮ても焼いても食えねえ」

お栄は懐に手を入れ、金糸雀の絵を出した。

「こんな鳥を見なかったかい」

辰次は食い入るように見つめた。

「ほう、これは金糸雀じゃねえか。よく描けてる。そう言やあ、先生も金糸雀の絵を描いてたっけ。お嬢、先生に近づいたな」

「感心するのはそこじゃないよ。あるお屋敷から逃げちまったんだけどね、あんた、知らないかい」

辰次は目を泳がせた。答えに窮している。

「黙ってないで、何とかお言い」

「まあ、こんな鳥を見かけたら、逃すわけにはいかねえな。鷹匠《たかじょう》に差し出さなくても、ほかに引き取り手はたくさんある。……そのお屋敷ってのは」

辰次は声をひそめた。

「番町の旗本屋敷かい」

珍しい鳥を飼っている屋敷なら、頭の中に入っているようだ。

お栄はにやりと笑う。

「わかってるなら話が早い。お嬢様が逃がしちまったんだけど、えらく悲しんでるんでね。なんとかしてやりたいんだよ」

「そういうところも先生に似てるな。小せえもんに情けがあった」

「馬鹿をお言いじゃないよ。お嬢様はあたしの雇い主だよ」

「いや、そうじゃねえ。お嬢は、逃げた金糸雀に情を移したんだ」

お栄は、虚を突かれたように目を瞠《みは》った。しばらく沈黙したあとに、

「長い付き合いってのは厄介だね。何もかもお見通しかい」

ばつが悪そうな顔をして言った。

「柄じゃないのはわかってるけどさ、あたしはあの鳥が好きなんだよ。人に懐こうとしないで、闇の中でもお天道様の色をしているところがさ」

辰次はため息を吐《つ》いた。

「お嬢に借りはねえが、先生には世話になったからな。わかった。鷹の餌になる前になんとかしよう。こっそり戻してやればいいんだな」

「そうしてもらえりゃ助かるよ。探索事が得意なあんただもの。金糸雀を戻すくらい、どうってことないだろう」

ちがいねえや、と辰次は苦笑した。

五

縁側の下で虫が鳴きはじめた。日暮れが近い。り、り、と途切れがちに鳴く。

おふゆは、見たことのない金糸雀を描いていた。手本にしているのは、お栄が描き上げた絵だ。色も形も、はっきりとまぶたに焼きついている。黄色い頭はまん丸で、お天道様のようだった。脚は細くて、折れそうだ。

筆を動かしながら、同じことばかり考えている。

もっと食い下がればよかっただろうか。しつこくしては失礼だと引き下がったが、欲を出すべきだったのか。

旗本屋敷で、お栄は紫乃に教える様子を見せた。

おふゆは、迷いのないお栄の筆遣いに気圧された。指南も的確で、お栄が口を添えれば、紫乃の絵が格段によくなったのを目の前で見た。

けれど、

――旗本屋敷のお嬢様にとって、絵を描くことはほんの手慰みのひとつさ。

そこまで見透かしていながら、何故。おふゆの気持ちを汲み取って、絵の奥深さに触れさせようとしなかったのか。国藤に遠慮したのか。それとも、そこまで世話する義理はないと思われたのだろうか。

写真に近づきたい。わたしも本物らしい絵を描きたい。

考えを巡らせながら、工房で金糸雀を描き続けていると、

「おふゆ、おったんか」

岩五郎がふらりと入ってきて、袂をごそごそ探った。

「さっきな、卯の屋の前を通ったんや。そうしたら、若旦那に呼び止められてな」

「寅蔵さんが」

珍しい。自分から岩さんに声をかけるなんて。

「皆さんでどうぞって、もらったで。饅頭にしてはずいぶん軽いな」

油紙の包みを取り出した。

「卯の屋の若旦那がどうしたって」

おなみも顔を出す。寅蔵の話になると、無関心ではいられないようだ。きょろきょろと、視線が岩五郎とおふゆの顔を行き来する。

「何でもあらへん。これを預かっただけや」

軽い包みを掲げて、おふゆに渡した。

「おふゆちゃん、開けてごらんよ」

二人に見守られながら包みを開く。さらに経木《きょうぎ》で包まれており、中には板のように薄くて白い落雁が四つ入っていた。清涼な香りが広がる。細かく刻んだ紫蘇が入っていると、寅蔵が話していたことを思い出す。

「いい匂いだねえ」

ほんまや、と岩五郎は鼻の穴を膨らませた。

「これは『しおがま』というそうです。奥州のお菓子だと教わりました」

「名前も涼しげだね、今の季節にぴったりだ」

食べたいと思ったときは売り切れだった。寅蔵さん、覚えていてくれたんだ。

「四つあるってことは、あたしらの分もかい。あの若旦那、気が利くねえ。若いのに大したもんだ」

上機嫌で言う。

「せっかくだから、有難くいただこう。熱々のお茶を淹《い》れてさ。でも、その前に」

おなみは鼻に皺を寄せた。

「岩五郎、あんたは湯屋に行ってきな。前に行ったのはいつだい」

「そんな昔のこと、覚えとらん」

へらへら笑う。

「酒臭い身体に、上品なお菓子はもったいないよ。まったく、ちょっと目を離すと、すぐに行かなくなるんだから。夏は毎日お行き」

「おかみさんには敵わんわ」

岩五郎は押入を探り、手拭いを取り出した。

とっとと行くんだよと急かして、おなみはお湯を沸かしに台所へ向かった。

おふゆがしおがまを見つめていると、

「いい加減なことをしたらあかんで」

唐突に岩五郎が言った。びっくりして顔を上げる。

「若旦那は気持ちのええ人や。知らんふりするだけでも罪作りやで」

汚れた手拭いを首に提げ、工房を出て行った。

おふゆは真っ白なしおがまから目を逸《そ》らした。清々《すがすが》しい紫蘇の香りが漂う。か細い虫の音に耳を傾けながら、じっと座り続けた。

六

お栄に連れられて番町を訪れてから七日後のこと。

午の刻に差しかかる頃、おふゆは旗本屋敷のそばにいた。蟬が喧《かまびす》しく鳴いている。

屋敷の松の木に留まっているのだろう。手拭いで顔の汗を拭きながら、風呂敷を抱えて立ち続けていた。

もうすぐ稽古が終わる。ここで待っていれば、お栄さんに会えるはずだ。塀が途切れる角で身を縮める。

やがて、低い音を立てて門が開いた。中から、中間を連れた一人の武家が出てきた。縹《はなだ》色の着流しに刀を二本差している。表情に険しさはなく、小柄な身体は引き締まっている。

お殿様だわ。

目の前を通り過ぎるときに深く頭を下げた。武家は軽く顎を引いたが、面を伏せていたおふゆは気づかなかった。

それからしばらくして、正門の脇にある潜り戸からお栄が出てきた。おふゆは走り寄り、声をかけた。

「お栄さん」

肩をびくっと上げて、お栄は立ち止まった。

「いきなりどうしたんだい」

息を整えるように、手を胸に当てている。

「金糸雀なら心配ないよ。ちゃんと籠の中に戻ったからさ」

よかった。お嬢様がさぞやお喜びだろう。

「あんた、なんで」

おふゆはお栄の言葉を遮った。

「お願いいたします。わたしに絵を教えてください。画帖を見ていただけませんか」

風呂敷の結び目に手をかけたが、お栄はぴしゃりと言った。

「やめな。あんたに教えることなんて何もないよ」

結び目をぎゅっと握りしめた。

「それに、絵を見なくてもわかる。生真面目そうな顔をしてるもの。一本一本の線を丁寧に描《か》いてるんだろうね」

唇を噛むおふゆを見て、お栄は言った。

「あんた、暇かい」

「はい。師匠からお許しをいただいています」

「じゃあ、ちょいと付き合っておくれ。これからひと息入れに行くんだ」

おふゆの耳に顔を近づけて言った。

「……侍の屋敷は息が詰まる」

浅草は大勢の人で賑《にぎ》わっていた。子連れや、杖《つえ》をついた年寄り。着飾った女たちと、それを見送る若い男たち。家臣を伴わずに、ふらりと訪れた二本差しもいる。

矢場《やば》や楊枝屋《ようじや》、甘い物を売る店が建ち並び、水からくりの幟《のぼり》が風になびいている。独楽《こま》を回す大道芸人の周りには、人の垣根ができていた。

浅草寺《せんそうじ》の近くには芝居《しばい》街がある。はたはたと、風になびく水からくりの幟を見て、おふゆは役者の名を染め抜いた幟を思い起こした。華やかな芝居街がまぶたに浮かぶ。勇壮な、あるいは妖艶《ようえん》な役者を描いた看板は道行く人を見下ろし、誰もが芝居小屋で繰り広げられる夢の世界に熱い想《おも》いを寄せていた。

江戸で初めて芝居を見たのは、市之進《いちのしん》さんの舞台だったわ……。

おふゆは幼馴染《おさななじ》みの市之進を密《ひそ》かに慕っていた。旅芸人の出自ながら江戸の舞台で主役を務めたが、不運な事故で亡くなった。その死は、おふゆが死絵を描くきっかけとなった。

思い出が過《よぎ》り、悲しみと苦しみがない交ぜになってせり上がることを覚悟したが、おふゆの胸は波立たなかった。前よりも痛みが薄れている。

それがよいことなのか、そうでないのかはわからない。市之進を置いてきぼりにしたようで、寂しさとともに申し訳なさを感じた。

「ああ、腹が減った。団子でも食べようか。あんた、何がいい」

暑くて塩気が欲しくなり、お茶とみたらし団子を頼んだ。

床几に座り、お茶で口の中を湿らせてから、蜜《みつ》色のたれがかかった団子を食べた。甘みが強く、団子は少し固い。飲み込むまでに何度も嚙む。

口を動かしながら、おふゆは思った。

卯の屋の方がおいしい。わたしの口が、寅蔵さんの味に慣れたせいかしら。

しおがまもおいしかった。口に入れた途端にほろりとくずれて、紫蘇の香りが広がった。そのあとに熱いお茶を飲んだら、気持ちがさっぱりして暑さが遠のいた。

団子を食べ終えたおふゆを横目で見ながら、お栄は言った。

「気が変わった。やっぱり絵を見せてもらおうかね」

すぐに風呂敷を解き、画帖を差し出した。お栄は受け取り、ぱらりと開く。

画帖に目を通しながら、お栄は聞いた。

「あんた、いい人がいるのかい」

咄嗟に言葉が出ず、おふゆの視線が揺れた。

「……いいえ。でも、親切にしてくださる方はいます」

「真面目なのは当たってた。でも、思ったより、のびのび描いてる」

犬の子、道端に咲く花。小さいものに目を向けて、一本一本の線が柔らかい。

画帖を閉じ、おふゆに返しながら言った。

「絵を見ても、やっぱりあたしの考えは変わらなかった。あんたに教えることはない。技が欲しいなら、どんどん盗めばいい。親父もそうだったよ」

おかしそうに、くっくっと笑った。

「子どものお稽古事ならともかく、あんたは本気で修業をしたいんだろう。あたしが指南することになったら、あんたのとこのおかみさんが真っ青になるよ」

どうしてそんなことを言うのだろう。父親は高名な絵師だったし、国藤は、お栄の肉筆画は評判が高いと話していた。

お栄は背中を伸ばし、行き交う人たちの頭上に目を向けて言った。

「あんた、吉原《よしわら》に行ったことがあるかい。ここから近いんだよ」

「いいえ」

そこが遊郭《ゆうかく》街だとは知っている。それから、美人絵に描かれた遊女も。

「あたしは絵を描くために行ったんだけどさ、籠の中にいる女たちにとって、外から来た女を見るのは辛《つら》いことだろうね」

雑駁《ざつぱく》な物言いをするが、金糸雀を逃して悲しむ紫乃を案じたり、吉原の女に思いを馳《は》せたりする。細やかな気配りが、たおやかな絵を描かせるのだろうか。

岩五郎は丁か半かの目と言ったが、人にはもっとたくさんの面がある。

「……ずいぶん長話をしちまった。年寄りは愚痴っぽくて困る」

帰ろうかね、と立ち上がる。

「あの、お団子のお代を」

巾着を取り出そうとしたが、お栄は首を振った。

「いらないよ」

そのまま、すたすたと歩き出した。

遠ざかる後ろ姿に焦りが湧《わ》く。もう二度と会えないかもしれない。お栄の後ろ姿が人混みに紛れる前に、おふゆは追いかけた。

「待ってください。お願いです、わたしに技を見せてください」

袖をつかんだおふゆに、お栄は呆れたような目を向ける。

「技を見せてもらわなければ、盗みたくても盗めません」

金糸雀の絵を描く手法だけでは足りない。もっと凄《すご》みのある技を目の前で見たい。

「困ったもんだ。あんたのお師匠さんに何と言われることか」

「承知していただいています」

「参ったね。絵のことになると、押しが強くて、昔のあたしみたいだ」

目尻に皺を寄せて苦笑した。

「あんた、いくつだい」

「二十歳《はたち》です」

「そうかい。嫁に行ってても、おかしくない年だ」

おふゆは言葉に窮した。しょっちゅう、おなみから急かされている。

「だけどね、絵師としては洟垂《はなた》れだ。いや、襁褓《むつき》のとれない赤ん坊とおんなじだ」

来るかい、と背を向ける。

「このへんに部屋を借りている」

はい、とお栄の後を追った。

七

お栄の部屋は足の踏み場もないほど散らかっていた。丸めた反古《ほご》や、顔料が乾いてこびりついた絵皿、固まって穂先が割れた筆があちこちで山をなしている。棚には、紙や画帖がぎっしり詰まっていた。

「そのへんをよけて座っとくれ」

お栄は、反古を蹴散《けち》らして奥へ行く。文机の前に座ると、煙草盆《たばこぼん》を引き寄せた。

「お邪魔いたします」

画材を踏まないように、おふゆはこわごわと部屋に上がった。反古と絵皿をよけて、畳の上に座る。

お栄は煙管《きせる》を手にしたまま、火口《ほくち》をじっと見つめていた。おふゆの視線に気づくと、目を瞬きながら言った。

「ついつい、ぼんやりしちまった。あたしは火を見るのが好きでね」

いや、火というより。

「火事見物が好きなのさ。若い頃はね、半鐘が鳴ると夜中でも草履《ぞうり》をつっかけて外に出た。炎を目指して駆け続けて、火元に着いたら家が燃え落ちるまで、ずうっと見ていたものさ」

口元をゆがめて笑う。

「罰あたりだね。あたしみたいな人間は、ろくな死に方をしないよ」

火事と喧嘩《けんか》は江戸の華。そう言われるほど江戸市中は火事が多い。見物に走る者もいて、火元の住人から「人の不幸を喜ぶな」と怒鳴られ、喧嘩になることもある。

「行燈《あんどん》や煙草の不始末のせいだろうね。火事ってのは、よりによって夜に起こるからたまらない。黒々とした夜空に、真っ赤な炎が映し出された様子にはつくづくと見惚《みと》れたもんだった」

どんな男より鯔背《いなせ》だったよ、と言った。

おふゆの頭に、石灯籠の絵が思い浮かぶ。

夜空と炎。その組み合わせが、お栄に筆を執らせた。

「さて、と。技を盗みたいんだっけ」

煙管を煙草盆に戻すと、お栄は文机に向かった。文机は障子窓《しょうじまど》の下に置いてあり、手元が明るい。竹を切ってこしらえた筆立てには、太い筆や細い筆がぎゅうぎゅうに詰まっている。

「佐野屋から仕事を頼まれてるんだ。これから描くけど、見たいかい」

是非、とおふゆはうなずいた。

「後ろからでよければ、好きに見ていいよ。あたしも、そうやって親父の絵を覗《のぞ》き見してた」

お栄は焦茶色《こげちゃいろ》の襷《たすき》をかけ、両腕を露《あら》わにした。腕にはしみが浮き、皮膚には細かい皺が寄っている。だが、筆を持つ手は逞《たくま》しい。節くれ立った指が頼もしく見える。

紺地の毛氈を文机に置くと、その上に奉書紙をのせた。

肉筆画だ。おふゆの心が踊る。

刻をかけて墨を磨ったあとに、お栄は筆の先をつけた。墨をたっぷり吸わせてから、紙の上におろす。おふゆは身を乗り出し、お栄の肩越しから筆の行方を追った。

お栄の顔は見えないが、呼吸でわかる。この線は息を止めて一気に引く。ここは、腕の力を抜いて遊ぶように。小唄《こうた》すら聞こえてきそうだ。

するすると、まるで筆先から生まれるように女の細い顔と、簪《かんざし》をつけた豊かな髪が現れる。大首絵だ。

女は小首を傾げ、扇子を広げて持っている。その指を見て、自分の右手を開いた。同じように指を曲げて比べる。五指のしなやかな曲がり具合。先端についた小さな爪。曲げた指には筋ができる。絵と同じだ。おふゆの顔が強張る。

輪郭を描き終えると、お栄は筆を持ち替えた。簪を山吹《やまぶき》色に、着物を朱鷺《とき》色に染め分ける。扇子には「栄女」と小さく隠し落款《らっかん》を入れた。

これで出来上がりか。咄嗟にそう思ったのは、間違いだった。

お栄は硯に水を足した。薄墨だ。何に使うのかしら。

新しい筆に替え、薄墨を穂先に含ませると、女の背後を塗った。闇だろうか。

いや、違う。影だ。女と同じ輪郭を持つ影を右側に描いている。

おふゆの目に明かりが見えた。女を照らすのは行燈か、開け放した窓から差し込むお天道様か。

お栄は自在に筆を変える。光が当たる頰《ほお》は胡粉《ごふん》で白く塗り、耳の下から顎にかけて薄墨を使う。

「一丁上がり」

髪も顔も、指の先まで美しい女は影をまとっていた。

お栄は筆を置くと、再び煙草盆を引き寄せた。

「……指」

「何だって」

「本物の指みたいです」

おふゆは絵から目を離さずに言った。じっとりと、額に汗が浮く。

「ふうん、そうかい。見たことがあるものを描いただけだよ」

金糸雀の絵と同じ。細かいところまで、頭の中にすべて収まっている。

「絹布に描くところを見せてやってもよかったけど、あれは扱いが容易じゃないんだ。

裏打ちをしなくちゃいけないし、絹の生地はくにゃくにゃする。ま、あたしは慣れてるけどさ」

おふゆの唇がゆがむ。

「あんたの師匠も絹布は使うんだろう。じっくり見せてもらえばいい。気が散って、嫌がられるかもしれないがね」

はっ、とお栄は笑った。

おふゆは絵を見つめた。とりわけ、しなやかな指先を。生身の女の手首を切って、その輪郭をなぞったようだ。

手本もないのに一切のためらいもなく、筆は紙の上を滑り、一人の女を描き上げた。お栄さんの頭と腕は一本の線でつながっている。鍛錬の歳月を思う。

それから、影。江戸に来てから、夥《おびただ》しい数の絵を見てきた。墨絵や錦絵、肉筆画。草双紙《くさぞうし》や読本の挿絵。けれど、影のある絵を目にしたことはない。新しい絵を目の当たりにして、いきなり襟をつかまれ、地面に叩きつけられたような衝撃を受けた。

食い入るように絵を見つめるおふゆに構わず、お栄はすぱすぱと煙管を吸い、白い煙を吐き続ける。

窓から差し込む光が弱くなった。どれだけ刻が経ったのか。とん、とんと軽やかに障子を叩く音に気がついた。

「先生、いらっしゃるんでしょう。開けますよ」

お栄が返事をする前に、滑らかに戸が開いた。そこに立っていたのは、浅紫の薄物を着た女だった。丸髷には珊瑚《さんご》の簪を挿している。頰も顎もふっくらとして、裕福な店の内儀に見える。

「なんだい、珍しいじゃないか。こんなあばら屋に来るなんてさ」

「ふふっ、先生ったら。こっちの方に用事があったんですよ。これ、先生に差し入れです」

土間に足を踏み入れ、お栄に紙包みを差し出した。

「まさか饅頭じゃないだろうね。甘い物が好きだったのは親父だ」

「わかってます。先生がお好きな塩辛い漬物ですよ」

「そりゃあいい。酒のつまみにさせてもらおう」

お栄は遠慮せずに受け取った。

「あら、部屋の中が暗いからよく見えなかった。お客様じゃないの。嫌だわ、お茶もお出ししないで」

目が合ったおふゆは頭を下げた。

「いいんだよ、客じゃないんだ。ほんのいっとき、絵の指南をしているだけさ」

まあ、と女は真顔になったが、すぐに笑みを浮かべる。

「尚更《なおさら》、お茶が欲しいでしょう。近くで調達してきますね」

女は外へ出て行った。

「あれは、前に面倒を見たことがある弟子なんだ。今じゃ、少しは知られた漬物屋のおかみをしている」

おふゆの見立ては当たった。身なりだけでなく、女の立ち居振る舞いからも内証の豊かさがにじみ出ていた。

「今は描かないんですか」

元の弟子と聞いて、おふゆは気になった。大きな店の内儀に収まったら、絵を描く暇がないほど忙しいだろう。

「筋はよかったんだけどね、周りが許さなかった。いいところの娘だったせいでね」

お栄は煙管に火をつけた。白い煙をしきりと吐きながら、視線を遠くに向けて話しはじめた。

およう
って言うんだけどね、さっきのは。

初めてあたしのところに来たのは、今から五年前。手習いに行くのは飽きたから、絵を習いに行かせてと、おとっつあんとおっかさんにせがんだそうだ。年の離れた息子がしっかり働いていたから、娘には好きなようにさせていたんだね。筋がいい上に、熱心だったから、たちまち上達した。およウはすっかりのめり込んで、やがてとんでもないことを言い出した。

あんたにもわかるだろう。本気で絵師を目指すと言ったんだ。

驚いたのは親御さんだ。

絵師になるなんて、馬鹿なことを言うもんじゃない。こんなことなら、習わせるんじゃなかった。すぐに嫁ぎ先を探そう。

その時、およウは十八。商家なら、どこかに嫁いでる年だよ。

女絵師の厳しさはよく知ってる。だから、およウに言い含めたんだ。

商いをしっかりおやり。余裕ができたら、また習いに来ればいいじゃないかって。

役者買いをするより、金のかからない道楽だよってさ。

ところが、およウの気持ちは固かった。

ある朝、目が覚めたらおようが枕元《まくらもと》に立っていたんでびっくりした。いつの間にかこの世の者でなくなったのかと思った。

そうしたら、もっと驚くことを言ったんだよ。家を捨てた、絵師になるって。もちろん、親が気づいて引き取りに来た。おようは泣いて喚《わめ》いて、大変だった。しまいにはあたしにしがみついて、後生ですから家に戻さないでくださいと言うんだよ。

仕方ないから、突きつけた。

あんた、家を捨てるだけじゃ済まないんだよ。女も捨てられるかいって。

そもそも、絵を描くことに男も女もないはずだ。でも、あたしみたいに一人で絵を描いて生きる女はいろいろ言われる。弟子は慕ってくれるが、世間はそうじゃない。好き勝手なことをしてって、冷たい目を向けられる。

それでもいいのかい。

おようは怯《ひる》んで言葉に詰まった。けれど、迷いを払い落とすように頭を振ると、

「捨てます」

はっきり答えた。それで、おようを預かることにしたんだ。

どうしたものかと、こっちも困ったけどさ、弟子なら厳しく稽古をつける。あたしは容赦しなかった。「下手くそ」と罵《ののし》ったこともあるし、「こんなのは絵じゃない」と破り捨てたこともある。

絵師の修業に手加減はいらない。師匠に叱られるより、独り立ちしてからの方が、何倍も辛いことがあるからさ。

およう は自信を失ったのかもしれないね。だんだん元気がなくなってきた。あっけなく幕が切れたのは、あたしのせいだ。

あたしは辛いものが好きでね、酒のつまみに漬物を食べるんだ。その店におようを買いに行かせていたら、そこの跡取り息子と惚れ合ってね。弟子はやめます、お嫁に行きますって言ったんだ。

もちろん、親御さんは大喜び。先生のおかげだって、一斗樽《いっとだる》をもらったよ。不思議そうに言われたけどね。一体、どうやって娘を納得させたんですかって。

嫌だねえ、人を遣り手婆《やてばば》あみたいにさ。

およう が、今の生き方をどう思っているのかはわからない。けど、肥えた顔をしているところを見れば、案外悪くない結末だったんじゃないかねえ。

「遅くなりました」
およう が帰ってきた。湯呑みを三つのせた盆を持っている。部屋に入ってきたら、甘酒の香りがあたりに広がった。

「おつなものを買ってくるじゃないか。でもさ」

じろりと、お栄はおようの腹を見た。

「いいのかい。あんた、身ごもってるんだろう」

おようは照れ笑いを浮かべた。

「たまにはいいでしょう。身体に悪いものでもないし」

「しょうがないねえ」

三人はおようが買ってきた甘酒を飲んだ。おふゆは下戸《げこ》だが、ほのかな甘味に頰をゆるめた。お栄はたった三口で飲み干した。

お栄たちが世間話をしている間、おふゆは考えていた。おようさんは後悔していないのだろうか。絵を描くことから離れて。絵師になることを諦めて。

「……それでね、よく言われるんですよ。顔がきつくなってきたから、お腹《なか》の子は男に違いないって」

おようの楽しげな声が耳に入った。帯の上から腹を撫《な》でている。

「何言ってんだい、昔からきつい顔をしてたじゃないか」

「もうっ、先生ったら。……でも、よかった」

おようの顔から笑みが消えた。

「男なら、女みたいな生きにくさはないでしょう」

お栄は鼻先で笑った。

「この世知辛《せちがら》い世の中だもの。男にも女にも、赤ん坊や年寄りにだって生きづらさがあるんだよ」

「そんなものですかねえ」

つられて、おようも笑い声を上げた。

おようは明るい笑顔を振りまき、帰って行った。残されたおふゆは、静まり返った部屋で手の甲を撫でたり、着物の袖を引っ張ったりしていた。

すると、お栄に鋭く突かれた。

「言いたいことがあるなら言いな。このままじゃ、またあんたがうちに来そうで落ち着かないよ」

それでは、と意を決して尋ねる。

「絵を描くことをやめて、おようさんはまったく後悔していないのでしょうか」

お栄はすぐに答えた。

「いや、そうじゃない。後悔しないいんだよ。どうして、おようがうちに来たのかわかるかい。暇な身体じゃないのにさ」

「近くに用事があったからじゃないですか」

「違う。用があっても、素通りしたって構わないだろう」

それなら、なぜ。

「安心するためだよ。もし、あのまま絵を描き続けていたら、年を取っても、こんなあばら屋に住み続けなくちゃいけない。自分が選んだ道は間違っていなかったと確かめるために来るのさ」

本当にそうかしら、とおふゆは下を向いた。

およう は親しげにお栄と話していた。そこに、お栄を見下すような素振りはなかった。もしかしたら、今の境遇に不安を感じているのではないか。

おかみとして上手く取り仕切っていけるのか。舅《しゅうと》や姑《しゅうとめ》とうまくやれるのか。生まれてくる子を店の跡継ぎとして立派に育てられるのか……。どの道を選んでも心配事は尽きることがなく、その度に迷いが生じる。

「人間ってもんは欲が深い。親父もそうで、最期までいい絵を描くんだと足掻《あが》いてた。

でもさ、身の丈に合わない欲はいいもんじゃない。強欲は身を滅ぼすんだよ」

それを確かめるためにおようは来るんだ、と言った。

「あれも欲しい、これも欲しい。けれど、すべて叶《かな》えられる人間なんていないんだ。何かを諦めて、何かを守りながら生きるんだよ」

お栄さんも諦めたものがあるのだろうか。顔を上げたら、お栄と目が合った。

「あたしはね、嫁ぎ先を蹴《け》って出た女なんだ」

唐突な話に面食らう。だから、お栄はおかみさんが真っ青になると言ったのだ。

「なんで嫁に行こうとしたのかねえ。気の迷いだったのかもしれない。それが若さってもんだろうね。結局、早々に見切りをつけた。嫁ぎ先は、およそのところみたいに裕福な商家だったけどさ」

お栄の口調に湿っぽさはない。

「女が絵を描き続けるっていうのは、難儀なことなんだ。嫁いだら、お天道様が昇って沈むまでの間に、やらなきゃいけないことはたくさんある。家の中のこまごまとしたことをやっていたら、筆なんか持てっこないんだよ。それでも絵を描こうとすると、たちまち横槍《よこやり》が入る」

家のことを一番に考えろ。子をなすことに精を出せ。

「嫁ぎ先で言われてさ、馬鹿らしくてやってられないって頭にきた。それで、親父のところに転がり込んだのさ」

親父は何も言わなかった。それが有難かったと、つぶやいた。

煙管を口にくわえる前に、お栄はおふゆに聞いた。

「あんた、それでも描くかい」

大きくうなずく。ほかの生き方を考えたことはない。

お栄は目を細くして煙管を吸った。ゆっくり煙を吐き出してから言う。

「大事なのは芯だ。男でも女でも、武家でも商家でも同じさ。芯が揺らがなければ、大抵のことは乗り越えられる」

ならば、と閃《ひらめ》いた。

「お栄さんの芯は写真《しょううつし》ですか」

すると、お栄は平然として言った。

「しょううつしだって。何だい、それは」

知らずに描いていたのか。けろりとした表情を見て、身体の力が抜けた。

「それが何だかわからないけどさ、あんたがどうしてあたしの絵を見て驚いたのか、少しは見当がつくよ」

これのせいじゃないかい。

文机の引き出しから、一枚の絵を取り出した。色紙よりも小さい。

「持ってごらん」

手渡されて驚いた。これは紙じゃない。板に絵を描いている。

絵を見渡し、豊かな色彩に目を奪われた。鼓動が激しくなり、胸苦しさを感じる。

描かれているのは、淡い水色の空に浮かぶ雲、遠くに連なる青い山並み。手前には萌黄《もえぎ》色の野原が広がり、一頭の栗毛《くりげ》の馬が首を垂れて草を食《は》んでいる。馬の足元から黒い影が長々と伸びて、全身に光を浴びていることがわかる。馬の毛には艶《つや》があり、胴は盛り上がって見えた。

そっと指先で顔料に触れた。厚みがあって、かちかちに固まっている。

「この絵は……」

「ふふん、何だかわかるかい」

お栄は口の端を上げた。

「海を越えてきた絵だよ。おらんだっていう国を知ってるかい」

「はい。聞いたことがあります」

おらんだ。海の向こうにある遠い国。その国から、異国の顔料が日本に入ってくるらしい。

「その絵を描いたのは、おらんだの人間だ」

これが異国の風景。江戸と違うように見えるのは顔料のせいか。

「あたしが異国の絵を見たのは、ずいぶん早かった。親父が好きだったからね。おらんだのえらい人から頼まれて、親父と一緒に絵を描いたこともある」

得意げに頭をそびやかす。

「あの頃、あたしは若かった。おらんだの商館に出入りしていた人から、絹みたいに白くて薄いのに硬い紙やら、黒い鉛の筆やら、いろいろもらってさ。これは何だい、どうやって使うんだって、親父や弟子たちと大騒ぎしたもんだ」

なまりのふで。それが何なのか、おふゆにはさっぱりわからない。

「幼い頃や若い頃に触れたものは、その後の人生を大きく変える。あたしはすっかり異国の絵に取り憑《つ》かれて、必死に真似《まね》したんだ」

ようやく腑《ふ》に落ちた。お栄が描く絵は、おふゆが見たことのない異国の絵から技を取り入れたものだった。

「違いがわかるかい。江戸で売っている絵と、異国の絵師が描いた絵と」

絵を見つめ続けて、おふゆは気がついた。雲も馬も、山も野原も輪郭を引いていない。顔料を塗り重ね、色の濃淡で境目を分けている。そして、馬の足元には影が描かれている。

江戸の風景も、この絵の通りだ。空に浮かぶ雲は、黒く縁取《ふちど》られてはいない。光が当たれば、影ができる。

写真がここにある。見えたものを、そのまま描いている。

「それ、持って行きな」

唐突に言われて、おふゆは慌てて首を振った。

「駄目です、こんな貴重なものをお預かりするわけにはいきません」

「別にいいよ。何十年も前にもらった絵だ。なくしたって、怒りゃしないよ」

考え込むおふゆを見て、お栄は呆れたように言った。

「あんた、二十歳にもなって、ずいぶん生真面目だねえ。そんな風に肩肘《かたひじ》張ってさ、窮屈だと思わないのかい」

「さあ……どうでしょう」

自分ではわからない。仙台にいた頃から変わっていないつもりだ。

「ちっとくらい遊んでもいいんじゃないか。そうすりゃ、芸に奥行きが出るよ」

おふゆの眉が曇る。暇ができたとしても、卯の屋で菓子を食べることしか思いつかない。子どもの頃も、地面に絵を描くことだけがおふゆの遊びだった。

国銀に見合い話が出たときに、おなみから言われた。

——ちょっとは焦ったらどうだい。いつまでたっても、おぼこいんだから。

嫁に行くことに焦りを感じたことはない。それどころか、絵を描くことができなくなるなら、嫁ぐ話を先延ばしにしたいとすら思う。

だが、絵師として繦褓がとれない赤ん坊だと言われたら焦りが募る。

遊ぶって、吉原に行くことかしら。でも、わたしは女だし……。

「ふふん、顔を赤らめてさ。何を考えてるのか、大体わかるよ」

意地悪な口調に、おふゆは項垂《うなだ》れた。

「春画を描けとは言わない。けど、遊ぶってのがどういうもんか、ちっとは考えな」

「はい。考えます」

「それが生真面目なんだよ」

姿勢を正して答えたら、お栄は笑った。

「あんたに教えることは何もないと言ったけど、ひとつだけあった」

おふゆは、じっとお栄の顔を見る。

「それはね、あたしみたいな生き方もできるってことさ」

お栄は横を向いて煙管をくわえた。

八

東の空からお天道様が昇り、西の雲を曙《あけぼの》色に染める。

井戸で水を汲みながら、おふゆは顔を上げた。屋根と屋根の間の細い空を、一羽の鳥が飛んでいく。

まるで、お栄さんみたい。

不思議な人だと思う。物言いは激しいし、あけすけな人柄だが、細やかな心配りはさりげない。描く絵は大胆でもあり、繊細でもある。

大火のような、火花のような。

「あ、そうか」

魂のすべてが絵に出てるんだ。

わたしはどんな絵師になるのかしら。お栄さんの年になったときも、まだ筆を握っていたい。肩を並べて歩く人はいないけれど、はるか先を行く人を見つけた。まっすぐに伸びた背筋を頼もしく思う。

水を満たした桶《おけ》を持ち上げる。ちゃぷんと水面が揺れて、裾に滴《しずく》がはねた。じわりと肌に染み通る。井戸の水がだいぶ冷たくなってきた。

「……絵を返しに行かなくちゃ」

おらんだから伝わった絵を、国藤と岩五郎にも見せた。二人は珍しそうに絵を眺め、表面をそっと撫でては顔料の固さを確かめた。

「面妖《めんよう》だのう、板の上に描いておる」

「顔料が石みたいに固いで」

二人は、しきりと首をひねった。

なくしたって怒らないと言ったが、貴重な絵だ。お栄さんに返そう。


おふゆは浅草の部屋を訪ねた。しかし、訪いを入れても声がしない。戸を開けたら、反古の山はそのままだが、お栄はいなかった。

どうしようかと立ち尽くしていたら、

「先生なら留守だよ」

声をかけられ、振り向いた。隣の部屋から、四十がらみの女が顔を出している。

「近頃、ちっとも姿が見えないんだ。ひょっとしたら、信州《しんしゅう》に行ったのかもしれない。向こうに知り合いがいるんだってさ」

紅葉狩《もみじが》りにでも行ったのかね。あっちは早いから。

信州に出かけたとしたら、長旅になる。今日は諦めよう。
女に礼を述べて、おふゆは立ち去った。工房に戻ると、異国の絵を文箱に収めた。
きちんと蓋《ふた》を閉める。
またひとつ、大切なものが増えた。

第三話　大地燃ゆ

一

往来を灰買いが行く。天秤棒《てんびんぼう》の前と後ろに畚《もっこ》をかつぎ、「ございい、ございい」と声をかけながら、家々を回って竈《かまど》の灰を買い取る。

お栄から借りた絵を返せないまま季節は巡り、おふゆは綿を入れた着物を身につけるようになった。これから年の瀬に向けて、ますます寒くなる。

店の棚を拭《ふ》いていたら、急に手元が暗くなった。

乾いた雑巾《ぞうきん》を手にしたまま、外に出る。屋並みの向こうに、鈍色《にび》の雲が横たわっている。これから近づいてきて、雪まじりの雨を降らせるかもしれない。

「早めに店じまいをした方がいいかしら」

空を見上げながら、おふゆはつぶやいた。

今夜は国藤もおなみもいない。娘のお夏《なつ》に二人目の子が生まれ、お宮参りのお祝いに招かれた。嫁ぎ先の横山町《よこやまちょう》で、至福な夜を過ごすはずだ。

逡巡《しゅんじゅん》している間にも雲は広がり、薄闇《うすやみ》が足元の影を呑《の》み込む。冷たい風にうなじを撫《な》でられ、首を縮めた。

「……きっと、もうお客様はいらっしゃらないわ」

暖かい家を目指して、みんな足早に通り過ぎるだろう。頭上に厚い雨雲があるなら尚更《なおさら》だ。脇目《わきめ》も振らずに駆けて行く。

「あっ、いけない」

水瓶《みずがめ》の中を確かめていなかった。昼餉《ひるげ》の支度に使ったきりだ。

台所に行き、瓶の蓋《ふた》を取って覗《のぞ》き込む。水は半分に減っていた。今のうちに足しておこう。

井戸端に行って、桶《おけ》を投げ込んだ。ところが、桶が水面に触れた音がしない。眉をひそめ、綱で手繰り寄せて引き上げる。桶はちっとも濡《ぬ》れていない。

首を傾けて耳を澄ませる。鈍色の雲を怖《おそ》れたのか、鳥の鳴き声がしない。雀《すずめ》も烏《からす》も、さっさと塒《ねぐら》に帰ったらしい。聞こえてくるのは、包丁を忙しく使う音ばかりだ。どこからか、魚を焼く匂《にお》いが漂ってきた。

何度か井戸に桶を投げ込んだ末に、おふゆは諦《あきら》めた。空の桶を提げて台所に戻った。

桶を水瓶の隣に置くと、工房に向かった。

「岩さん、ちょっといいですか」

仕事をしている岩五郎に声をかけた。

「なんや」

振り向きもせずに答える。

岩五郎はねじり鉢巻きをして、炭火のように赤い顔をしていた。

去年の暮れに描《か》いた凧《たこ》の評判がよく、今年はさまざまな問屋から注文を受けた。髭《ひげ》をたくわえ、ぎろりと大きな目を剝《む》いた武者の姿は勇ましい。空の上から不穏な世を切り裂く鋭い刃《やいば》となりそうだ。

大変やあ、と悲鳴を上げながら、岩五郎は張り切って武者の凧絵を描いている。

あのう、と遠慮がちにおふゆは言った。

「井戸がおかしいんです。干上がったみたいで、水を汲《く》めません」

岩五郎はまったく手を止めない。

「そんなわけあるかい。夏なら涸れるし、冬なら凍ることもあるけどな。今時分ならどっちでもないやろ」

阿呆《あほ》やなあ、と言わんばかりだ。

「そうなんですけど……」

おふゆは不安を拭《ぬぐ》えない。

ひょっとしたら、不吉な前触れではないか。空は鳥の鳴き声ひとつせず、黒い雲がどんどん近づいてくる。

「それで、今夜のご飯ですが」

「うん、頼むで」

「師匠もおかみさんもいらっしゃいません。岩さんと二人だけです。今夜は、冷飯と漬物でいいですか」

「なんやて」

硯《すずり》の上に筆を置き、岩五郎が振り向いた。

「水瓶の水が半分しかないんです。もっと早く気がついて、水を汲んでおけばよかったんですけど」

すみません、と謝った。

「ほうか、水がないならしゃあないな。味噌汁《みそしる》も雑炊も無理や。うん、無理して作ることあらへん」

うんうん、と岩五郎は何度もうなずく。

「冷飯も漬物もいらん。わしは外で食べてくる」

「岩さんったら」

お目当ては食べることではなく、飲むことに違いない。

「困ります。今夜はここにいてください」

なんだか嫌な予感がする。

「何を言うとる。雨戸をしっかり閉めれば平気や」

「でも……」

顔を曇らせたおふゆに、岩五郎は陽気に笑ってみせた。

「わしは大急ぎで仕事をせなあかん。ほな、あとはよろしゅうな」

岩五郎は筆に墨をつけ、しゅっしゅと手早く線を引いた。瞬く間に、鎧《よろい》姿の武者が紙の上に現れる。よほど飲みに行くのが楽しみらしい。新たな紙に手を伸ばす。

仕方ないわね、とおふゆは工房を出た。酒を飲むことになると、おなみの小言すら耳に入らなくなるのだ。

今夜は一人で夕餉を済ませよう。その前に、戸締まりを確かめなければ。

店に入ると、足元が見えないほど暗くなっていた。往来に出てみたら、ほとんどの店がとっくに暖簾《のれん》を片付けていた。箱看板の明かりも消えている。空は雲に覆われて、星が見えない。

「何も起こらなければいいけど……」

雨戸を隙間《すきま》なく閉めたあとに、障子戸《しょうじど》を心張《しんば》り棒《ぼう》でしっかり押さえた。

夕餉を済ませたあとに、おふゆは湯呑み一杯分だけお湯を沸かした。温かい白湯《さゆ》で心を落ち着けたい。

「……それにしても、岩さんったら」

工房で一人、両手で湯呑みを持ってつぶやいた。

「お願いですから、今夜は出かけないでください」

何度も頼んだのに、聞いてもらえなかった。

「それはできんな。飲みたい一心で、わしは気張って仕事をしたんやで。おかげで、明日の夕方までの注文を今夜のうちに描いてしもうた。ご褒美がぶら下がっとると、やる気が違うのう」

「だけど、外の様子が変ですよ」

おふゆがしつこく引き留めても、岩五郎は気にしなかった。

「しょうもない心配するな。そんなに怖いなら、さっさと寝てしまえばええ。まさか、国銀はんの絵から妖怪《ようかい》が出てくると思っとるのか」

行ってくるで、と縁側から外に出た。小唄《こうた》を口ずさむ岩五郎を、おふゆはため息をついて見送った。

考え続けてもしょうがない。湯呑みを畳の上に置いた。

遠くで、しきりと犬が鳴く声がする。腹が空《す》いているのか、それとも、外へ出たいのか。寒さが増してくると、空が澄んで、遠くの音がよく聞こえる。火鉢の炭を足し、冷めないように灰を寄せた。赤い熾火《おきび》を見ているだけで、慰められたような気持ちになる。

行燈《あんどん》のそばに近寄る。淡い光の下で、おふゆは画帖を開いた。

初めて画帖を与えられたのは、今から三年前のこと。新たに買い求め、描き続けているうちに、ずいぶん画帖が溜《た》まった。

行燈のおぼろげな明かりのそばで、一冊ずつめくる。弱々しく頼りない線だったが、少しずつ力強さが加わってきたことがわかる。

少しは成長したのだろうか。

積み重ねた歳月を思い、おふゆの胸が熱くなる。

三年の間に、いろいろなことがあった。画帖をめくると、その時の思いが甦《よみがえ》る。筆は正直だ。心が弱っていれば線が揺れるし、気を張っていれば線が太くなる。

歳月をともにしてきた画帖はすべて愛《いと》おしい。子を持ったことはないが、我が子のようにも思える。

目を通したあとに、一冊ずつ重ねて行李《こうり》にしまった。行李をもうひとつ手に入れた方がいいかもしれない。古道具屋を覗《のぞ》いてみよう。楽しい思いつきに胸が弾み、不気味な気配が薄れていく。

白湯は冷えて水になってしまった。だが、瓶の底を気にしながら柄杓《ひしゃく》で汲んだことを思うと、飲み干してしまうのが惜しい。底にちょっぴり残した。

「岩さん、今夜は帰りそうにないわ」

すっかり待ちくたびれた。そろそろ夜四つの鐘が鳴り、木戸が閉まる頃《ころ》だ。

おふゆはあくびをひとつした。もう寝よう。その前に、戸締まりを確かめなくては。

行燈の明かりを落とそうとしたとき、障子戸がかたかたと小さく鳴っていることに気がついた。

「地震だわ」

火事になったら大変だ。工房には燃えやすいものがたくさんある。

湯呑みをつかむと、火鉢の炭に水をかけた。急いで行燈も消す。あたりが真っ暗になる。

息を凝らしていたら、敷居から外れそうなほど障子が激しく揺れはじめた。工房の柱がぎしぎしと鳴り、天井から細かい砂が落ちてくる。台所で器が割れる音がした。めりめりと柱が裂けるような音が響く。

──怖い。

闇の中でうずくまり、おふゆは頭を抱えた。近くで建物が倒れる凄《すさ》まじい音がした。重い地響きが腹に伝わる。

やがて、激しい揺れは収まった。しかし、油断はできない。うずくまったまま耳を澄ませ、息をひそめる。

また揺れるのかしら。家が潰《つぶ》れたらどうしよう。

案じている間にも、再び揺れはじめた。国藤の部屋から、どさりと重いものが落ちる音が聞こえた。棚に重ねていた紙の束だろう。散らばった様子が目に浮かぶ。

──早く、早く収まって。

じっとしていたら、

「おふゆっ」

縁側で岩五郎の声がした。

返事をする前に戸が開く。

「すぐそこで飲んでたら、店が傾くほどの大揺れや。徳利《とっくり》も盃《さかずき》も、みんな壊れてしもうた。はよう逃げろっ」

おふゆは縁側に出た。

草履《ぞうり》をはこうとしたが、足の指がなかなか鼻緒に入らない。身体《からだ》が小刻みに震えている。

「はようせんかっ」

岩五郎が急《せ》かす。草履をつっかけ、潜《くぐ》り戸《ど》に向かいかけて思い出した。

「あ、文箱《ふばこ》」

父が描いた色紙、お栄から預かった絵。文箱には大切なものばかり入っている。見返していた画帖も心残りだ。行李ひとつなら背負うことができる。

「どこに行くんやっ」

引き返そうとしたおふゆの袖《そで》をつかんで、岩五郎は怒鳴った。

「文箱と画帖を取りに」

「阿呆《あほ》、死んだら何も描けなくなるでっ」

「でもっ」

「あかんもんは、あかんっ」

岩五郎は走り出した。おふゆの袖を放さない。

潜り戸から外へ出た途端に、屋根瓦《やねがわら》がどさどさと落ち、店が大きく傾いた。細かい砂埃《すなぼこり》が舞い上がり、岩五郎もおふゆも手で鼻を覆う。店を離れた二人の背後で、雷鳴に似た音がした。

往来は、隙間がないほど大勢の人であふれていた。風呂敷《ふろしき》包みを背負っている者もいれば、身体ひとつで逃げている者もいる。泣き叫ぶ子を胸に抱える母親もいた。

荷車に家財道具を積んだ男は、

「邪魔だ、どけっ」

狂ったように叫びながら前に進もうとする。しかし、長屋から飛び出してくる人は増え続け、さらに人であふれ返る。とうとう、男は荷車を捨てて逃げた。

「横山町に行くで。師匠とおかみさんの無事を確かめな」

あちこちで火の手が上がっている。夜なのに明るい。逃げ惑う人たちの必死な形相が照らされる。どの顔にも怯《おび》えが浮かび、恐怖でゆがんでいる。

「寺に行けっ、あそこなら広い」

「いや、海だ。浜なら火が来ねえぞ」

「津波が来たらどうすんだっ」

「一体、どこへ行けばいいんだよう」

泣きながら逃げる女もいた。

「熱いっ。誰《だれ》か、誰かーっ」

叫び声は、耳をふさぐ前に途絶えた。

横山町へ行きたいのに、人の波は南へ、南へと向かっている。その流れに逆らえず、おふゆと岩五郎は身体を運ばれる。濁流に呑《の》まれた木の葉のようだ。

「おふゆ、おるかっ」

岩五郎は振り返り、大声で呼んだ。

「わしから離れるなよっ」

押し流されているうちに、岩五郎の手が離れた。

遠ざかる後ろ姿を懸命に追う。今、どこにいるのかもわからない。

ここは本当に江戸市中だろうか。見慣れた街並みを見つけることができない。

轟音《ごうおん》を立てて崩れ落ちる家。響き渡る絶叫。炎を映した夜空は赤黒い。

いつしか、岩五郎とはぐれて一人きりになっていた。

二

おふゆは芝に辿《たど》り着いた。あと少し歩けば佐野屋がある。しかし、もう一歩も動けない。崩れるように膝《ひざ》をつき、がっくりと首を落とした。

ここは土橋《どばし》を渡ったところの空き地で、付近に燃えている家はない。そこかしこに、逃げ続けて疲れ果てた人たちが座り込んでいる。闇夜で顔は見えないが、誰もが奈落《ならく》に突き落とされたような目をしているのだろう。

今は何刻《なんどき》かしら。鐘の音に気づかなかった。時の鐘を打つ余裕など、なかったかもしれないが。

夜明けはまだ遠いのか。月も星も見えなくて心細いが、今は火が怖い。燃え盛る家をいくつも見た。炎は空に届きそうなほど高かった。

夜の底で、膝を抱えてうずくまる。闇が不安を大きくする。でも、あとしばらくの辛抱だ。朝になればお天道様が昇って、あたりを明るく照らしてくれる。

じっとしていると、あたりが騒がしくなった。どうやら、土橋を越えてたくさんの人たちが逃げてきたらしい。

「助かった。ここは火の気がない」

「おうい、ここなら安心だぞう」

次から次へと人が押し寄せる。

「おい、俺たちが先に来たんだぜ」

「そうだよ、ちっとは遠慮しな」

暗がりから尖《とが》った声が飛んでくる。押し合いへし合い、居場所を取り合う。どん、と押されて、おふゆは地面に手をついた。じわりと湿った土が手の平に触れる。両手を叩《はた》いて土を払った。

「ここはいっぱいだ。後から来たやつはほかへ行け」

「何だとっ。こんな時なんだぜ、先も後もねえだろう」

「てめえらには、情けってもんがねえのかいっ」

疲労が募っている上に、これからの見通しが立たない焦燥で気が荒くなっている。どけ、どかないと言い争いが始まった。鈍い音がしたのは、誰かが殴りつけたのか。やめなようっ、と女の悲鳴が上がる。うわあん、と子どもが泣く。

おふゆは立ち上がった。闇の中で目を凝らし、手探りをしながら慎重に歩く。

この近くに神社がある。佐野屋へ行った帰りにお参りをしたことがあった。そこで夜が明けるのを待とう。

神社は、武家屋敷が連なる一角にある。気をつけて歩いても、おふゆは何かにつまずき、何度も転んだ。ごつごつした道を用心しながら進む。

やっと鳥居を探り当てた。しばらくここにいよう。境内《けいだい》に向かって両手を合わせてから、地面に腰をおろした。

「……ここなら大丈夫」

神様に守ってもらえるような気がする。太い柱に寄りかかったら、ようやくひと息つく心持ちになった。

武家屋敷を憚《はばか》っているのか、ここまで人の波は押し寄せていない。境内にも逃げてきた人はいるようだが、数は少ないらしい。闇の中からため息が聞こえた。身じろぎをする気配のあとに、境内は静まり返った。

「……岩さん、どこに行ったのかしら」

火事に巻き込まれていなければいいけど。面倒見のいい人だから、わたしを捜して、いつまでも歩き回っているかもしれない。どこかで、じっと朝が来るのを待っていてほしい。

「国藤師匠とおかみさんは」

横山町のお店《たな》には土蔵があった。火事にも地震にも強いと聞いているから、土蔵にいれば安心だ。さぞや、工房に残っていたわたしたちを案じているだろう。

「寅蔵さん、おりんさん……」

いつも親切にしてくれた二人の安否も気になる。卯の屋はどうしただろう。どうか火事に遭《あ》っていませんように。寅蔵さんが作ったお菓子をこれからも食べたい。

次々と、会いたい人たちの顔が思い浮かんだが、両手を合わせて祈ることしかできない。

座り続けていたら、地面から冷気が伝わってきた。腰も、足の裏も冷たい。おふゆは腕をさすった。

夢中で駆けている間は暑かったが、すっかり身体が冷えて、かちかちと歯が鳴る。襟元をかき合わせ、さらに激しく両手でこすった。

眠ったら死んでしまうかもしれない。

子どもの頃に、母親から聞いたことがある。

仙台には、木を切ったり、獣を狩ったりするために、雪深い山の奥まで入って行く男衆がいた。そんな男衆は、互いに言い聞かせ合うという。

雪雲が見えたら、すぐに里へ戻ること。吹雪《ふぶき》に巻き込まれたら、無理に進まないで岩穴でも、木の洞《ほら》でも、休むところを探す。

身体が冷えても、眠ってはいけない。身体中の血が凍って死ぬ。

おふゆは身体をさすり続けた。夜が明けるまで辛抱すればいい。こうしていれば、血が凍ることはないだろう。

ふと、すすり泣くかすかな声に気がつき、手を止めた。

「……ごめんよう、ごめんよう」

まだ若い女の声だ。暗い神社の奥から途切れ途切れに聞こえる。

「ごめんよう……」

誰に謝っているのだろう。細い泣き声が胸の奥まで染み込んでくる。

聞いているだけで辛《つら》い。

おふゆは耳をふさぎ、頭《こうべ》を垂れた。石のように冷えた二つの耳に、じんわりと手の平の熱が伝わった。


光の白さに目が覚めた。いつの間にか、おふゆはうとうとと眠っていた。夜が明けたばかりで、空は淡い紫色に染まっている。細くたなびく雲は薄墨色だ。

はっと気づいて横を見ると、隣に老婆が座っていた。おふゆにぴたりと身体をつけ、表情のない顔を地面に向けている。

「……こうしていれば、熱を奪われない」

そう言って、老婆は身体を離した。

夕べは歯が鳴っていたのに、今は寒さを感じない。助けてもらったのだ。

「ありがとうございました」

礼を言うと、老婆はかすかにうなずいた。

「お互い様だ。おかげで、あたしもあったかい思いをした」

ありがとよ、と言ったが、その表情は暗い。

「ひどいもんだね。まるで地獄の底に落とされたようだった。きっと、このあたりも滅茶苦茶だろうよ」

おふゆは立ち上がり、神社の敷地を出てみた。あたりを見回し、言葉を失った。

神社の周囲にある屋敷は塀が崩れたり、門の屋根瓦が落ちたりして、道をふさいでいた。ここへ来るまでに何度も転んだのは、壊れた破片につまずいたからだ。家臣が屋敷から出て来て、黙々と破片を拾いはじめた。

老婆のそばに戻り、無言でしゃがむ。

「ここはまだいいよ。火事がなかったから」

火事、と聞いて、おふゆの顔が青ざめる。ここに辿り着くまでに、漆黒の夜に燃え上がる炎をいくつも見た。火は、逃げ惑う人たちの煤《すす》にまみれた顔を照らしていた。

「あんた、どこから来たんだい」

「米沢町です」

ああ、と老婆はうなずく。

「両国橋の近くだね。そっちも火事がひどかったのかい」

「わかりません……」

とても気になるが、帰るまでわからない。たちまち心細くなる。

「あたしは京橋《きょうばし》の近くに住んでるんだけどさ、ひどい大火でね。まごまごしていたら、逃げてきた人たちが言うんだ。北は駄目だ、南へ行けって。それで、みんな南へ南へって向かったんだ」

人の波に流されて、おふゆもここまで辿り着いた。

「……ここは人気《ひとけ》がなくてよかったよ。おかげで、ひっそりと朝を待つことができたからね」

夕べの喧嘩《けんか》を思い出した。闇の中で言い争いが始まり、殴り合いになったようだ。

米沢町に戻るときは土橋を避けて、焼けていなければ芝口橋を渡って帰ろう。

「あたしは命拾いしたけどさ……」

老婆は言葉を濁した。もごもごつぶやくと、口を閉じた。

おふゆは老婆から目を逸《そ》らし、着物の襟をかき合わせて顎《あご》を埋《うず》めた。

火事はすっかり収まったのだろうか。しらじらと明るいお天道様には救われるが、江戸市中を見るのが怖い。

おふゆは振り返って境内を見た。灯籠《とうろう》の陰や、杉の木の根元に人が横たわっている。精も根も尽き果て、起きる気力がないのかもしれない。

すると、

「……ごめんよう」

再びすすり泣く声が聞こえてきた。

首を伸ばして奥を覗き込むと、社殿の陰から一人の女が出てきた。小さい子どもを抱き、こっちに向かって歩いてくる。

おふゆは目を見張った。子どもは男の子だ。年は三つくらいだろうか。目は開いていない。頬《ほお》には火傷《やけど》の痕《あと》がある。紺地の絣《かすり》を着ているが、裾《すそ》が焦げている。ぶらんと垂れた腕と足は黒くただれていた。

「ごめんよう、ごめんよう……」

昨夜から泣き続けていた人だ。おふゆは顔を伏せた。女の足音が近づくにつれて、身体が強張《こわば》る。

女のつぶやきが耳に届いた。

「もっと可愛《かわい》がってやればよかった。お腹《なか》いっぱい、うまいものを食べさせてやりたかった」

そして繰り返す。ごめんよう、と。

女が鳥居をくぐり抜けるとき、おふゆはそっと顔を上げた。

その両目からは、涙が止めどなく流れていた。涙が男の子の顔に滴り落ちる。だが、男の子はぴくりとも動かない。

どこへ行くのだろう。女の足取りはふらふらして危うい。

おふゆがじっと見つめていたら、

「……放《ほ》っといてあげな」

老婆は低い声で言った。

「世の中には、死ぬより辛いことがあるんだよ」

女の後ろ姿に合掌した。

やがて、境内から人が出てきた。一人で逃げてきたらしい若い男もいれば、夫婦者、老いた父親を連れた女もいる。

互いに見聞きしたことを話し合う。

「俺《おれ》は下谷《したや》からここまで来た。ひでえもんだったぜ。長屋が火に包まれてよう」

「日本橋は被害が少なかったようですが、商いを続けられるかどうか」

「そろそろ、お寺さんかどこかで、炊き出しをしてくれるんじゃないかしら」

おとっつあん、行ってみようよと女が言った。父親らしき年寄りは娘に支えられ、足を引きずりながら出て行った。

みんな歩き出している。いつまでもここに座り込んでいるわけにはいかない。

「わたしも帰ります」

立ち上がったおふゆを老婆は振り仰ぐ。

「米沢町にかい」

「はい」

おばあさんもここを出るだろう。そう思ったが、なかなか立とうとしない。

おふゆが手を差し伸べたら、

「……いいんだよ」

老婆は断り、首を垂れた。

「京橋に帰らないんですか。途中までご一緒しますよ」

一人より、二人の方が心強い。しかし、老婆は石のように座り込んだままだ。

「倅《せがれ》が来るのを待ってるよ。……生きていればいいけどさ」

「ここにいることを知っているんですか」

「ああ。いざとなったら、どこかの寺か神社に逃げろって、前から言われてたんだよ。安心できるのは、そこしかないって」

しばらく黙ったあとに、老婆は言った。

「倅はね、町の火消しなんだ。夕べは大忙しだったろうね」

――あたしは命拾いしたけどさ……。

火消しは人々が逃げたあとも火事場に残り、延焼を防ぐために家屋を壊す。火中に飛び込む勇気がなければ、できない仕事だ。

「……達者でね。もう行きな」

おふゆは頭を下げて立ち去った。

三

米沢町に戻る道のりは長かった。

市中の火事は収まり、炎が上がっている場所はない。だが、黒く焼けた柱や壁から煙が立ち上り、靄《もや》がかかって焦げ臭い。往来には、地面に叩《たた》きつけられた瓦が粉々に砕けて飛び散っている。

行きすがら目に入るのは、酷《むご》い光景ばかりだ。瓦礫《がれき》に腰かけて、額を押さえた男がいた。その傍らに寄り添う女の子は虚《うつ》ろな目をしていた。母親らしき姿はない。

堀には、男の亡骸《なきがら》が浮かんでいる。炎の熱さから逃れようと、堀に飛び込んだのか。帯がほどけて、水面《みなも》に漂っていた。

おふゆは顔を背け、足早に遠ざかった。

「ここは、本当にお江戸なのかしら……」

わたしが知っている江戸市中ではない。

工房から佐野屋までの道をよく行き来していた。活気に満ちて、賑《にぎ》やかな街並みだった。見慣れた街の変わり果てた様子に足取りが重くなる。おふゆは歯を食い縛って前に進んだ。

ようやく、米沢町の一角に入った。

袖を引っ張られて外へ逃げたとき、おふゆは背後で凄まじい物音を聞いた。覚悟はしていたが、わずかな望みを抱いて米沢町に戻った。せめて、家屋の半分でも残っていないかと。

しかし、店があった場所に着いて、茫然《ぼうぜん》と立ち尽くした。

家屋は押し潰されて、屋根が膝の高さにある。瓦は焼け残ったが、柱は墨のように焦げて幾本も折り重なっていた。尖った陶器の破片が見える。あれは、台所にあった水瓶だ。ほかに、暮らしの跡は何もない。

わたしのせいかしら……。

行燈に火種が残っていたのだろうか。炭に水をかけたとき、たしかにじゅっと音がしたけれど、それでは足りなかったのか。

半紙や短冊、筆や毛氈《もうせん》。部屋の隅には反古《ほご》をどっさり積んでいた。店にも工房にも、国藤の部屋にも、燃えやすいものがたくさん置いてあった。小さな火種すら、大きな火事の元になると、いつも言い聞かされていたのに。

悔やんでも悔やみきれない。師匠に合わせる顔がない。

ああ、それから。

「文箱……」

何かひとつでも残っていれば。

瓦を取り除け、焦げた柱の下を探した。しかし、何も見つからない。中に入っていたものはすべて燃やし尽くされ、灰になった。

「画帖もない……。あんなにたくさん描いたのに」

一枚ずつめくり、つくづくと眺めていたのは昨夜のこと。変わり果てた光景を信じられず、大地震から何年も経《た》ったように感じられる。

画帖が溜まったことが嬉しくて、もうひとつ新しい行李がほしいとすら思っていた。

今では紙片すら残っていない。

くたくたと崩れ落ち、膝をつく。身体の震えが止まらない。

炎が、大切なものをすべて奪った。

どれくらいぼんやりしていたのだろう。

「おふゆちゃん、おふゆちゃん」

何度も声をかけられ、我に返った。

ゆっくりと目を上げる。そこには、寅蔵の姿があった。しゃがみ込んで、おふゆと目の高さを合わせている。

「寅蔵さん……」

どうして、ここに。

「よかった、生きていてくれて。おふゆちゃんは絶対に無事だと信じてた」

歯を見せて笑った。

「わたしも」

寅蔵さんが無事で嬉しい。だが、微笑《ほほえ》みたくても、顔が引きつる。

「……ぜんぶ、燃えました」

寅蔵は小さくうなずいた。痛々しいものを見るような眼差《まなざ》しになる。

「師匠とおかみさんは」

「無事だと思います。夕べはお留守でした」

お夏にお祝い事があったことを話した。

「それを聞いて安心したよ。岩五郎さんもかい」

わかりません、と首を振る。

岩五郎と横山町を目指して逃げたが、人の波に流され、はぐれてしまった。今頃、どうしているのだろう。

「そうだったのか……。無事に横山町に辿り着いているなら、岩五郎さんは大丈夫だ。あのあたりは被害が少なかったと聞いてる」

「よかった。きっと、みんな無事ですね」

おふゆは胸に手を当てた。安堵《あんど》のため息が出る。

しかし、ほっとしたのも束《つか》の間《ま》、瓦礫に目を落として気持ちが沈んだ。

「ごめんなさい」

「何がだい」

「わたし、約束を守れませんでした。ごめんなさい」

おふゆは繰り返す。

「どうしたんだい。謝るようなことをおふゆちゃんがするはずないよ」

「……寅蔵さんに」

申し訳なさに声が萎《しぼ》む。

「父が描いた絵を見てもらいたかったのに」

とうとう、南天の絵を見せることができなかった。いつかまた、と言い続けてきた自分は愚かだった。

寅蔵はおふゆに聞いた。

「どんな絵だったのか、覚えてるかい」

こくんとうなずく。何度も飽きることなく眺めていた。目を閉じただけで、南天の赤くて丸い実も、つややかな緑色の葉も思い出せる。

「じゃあ、謝ることなんかないよ。おふゆちゃんなら、必ずそっくりな絵を描ける。描いたら、おれに見せてくれるかい」

「はい。今度こそ」

文箱を失った悲しみは大きい。どれもかけがえのないものばかりだった。けれど、寅蔵の優しさに触れて、弱っていた心にひと筋の明かりが差し込んだ。

「おふゆちゃん、腹が減ってないかい。塩むすびを持ってきたんだ」

懐《ふところ》から経木《きょうぎ》の包みを取り出した。

「……でも」

「今日は何か食べたのかい」

何も、と首を振る。昨日の夕方に冷飯と漬物を食べたきりだ。

「じゃあ、遠慮なんかいらないよ。こういう時こそ腹の中に何か入れた方がいい」

包みを目の前に差し出した。ほのかな飯の香りに、おふゆの喉《のど》が小さく鳴った。

「いいんですか……」

「もちろん」

おふゆは包みを受け取った。

「ありがとうございます」

焦げて倒れた柱の上に寅蔵と並んで座る。経木を開き、塩むすびをひと口食べた。しっかりと握られていたが、口に含むと飯の固まりがほどけた。

焦土となった江戸市中を見て、気持ちが折れそうになった。米沢町に着いて跡形もなくなった店を目の当たりにして血の気が引き、放心した。すべて失ったことを知り、何も考えられなくなった。

寅蔵に塩むすびを差し出されるまで、空腹を抱えていることに気づかなかった。

「……おいしいです」

一口ずつ嚙《か》み締める。そのたびに米の甘みと、ちょうどいい塩気が身体のすみずみまで行き渡る。

目を細めながらおふゆを見守っていた寅蔵は、ふっと横を向いた。

「こういう時は飯なんだ。菓子じゃ力が入らない。甘い物は、飯で力をつけたあとに欲しがるものなんだ」

おふゆは寅蔵に目を向けた。その横顔には、悔しさよりも寂しさが色濃く浮かんでいる。

その気持ちは痛いほどよくわかる。

芝から米沢町に戻るまでに、被害に遭った人たちをたくさん見た。ことに辛かったのは、腹が減ったと泣く子どもだった。空き地に建てられたお救い小屋には、ひと椀《わん》の粥《かゆ》を求める長い列ができていた。幼い兄弟にだけ食べさせて、自分は辛抱している母親も見かけた。

その傍らを、おふゆは下を向いて行き過ぎた。

――絵なんざ、道楽くらいで丁度いい。世の中の足しにならん。

国銀の父親が言い放ったことが思い出される。その言葉は真実だった。

焼き尽くされた街で、絵は何の役にも立たない。食べ物だけが、頭のてっぺんから足の先まで力を行き渡らせることができる。

優れた絵を描いたとしても、困っている人たちの心には響かない。

わたしは無力だ。

「おふゆちゃん、これも」

食べ終えたのを見て、寅蔵は竹筒を差し出した。栓を開けて飲む。懐に入れていたせいなのか、ほんのり温かい。長い間、瓦礫だらけの街を歩いていたことが伝わってくる。

おふゆの胸に熱いものが湧《わ》き上がる。

「こんな時も心配してくださって……」

どうして、と尋ねたい気持ちを抑え、ひたと寅蔵を見つめる。

寅蔵の顔が、ぱっと朱を散らしたように染まった。

「それは……」

目を逸らして口ごもる。

「おっ、お袋が心配していたから」

「おりんさんが、わたしを」

「うん。お袋がさ、早く捜しに行けって言うもんだから……」

寅蔵はしどろもどろになって答えた。真っ赤な顔は直らない。

「わたし、うっかりしていました。おりんさんは無事なんですか」

すぐに確かめなかったことを後ろめたく思う。

「卯の屋で待っているんですか」

寅蔵は耳のつけ根を赤くしたまま答えた。

「卯の屋も地震で潰れた。店が倒れる前に、お袋と一緒に逃げたんだ。何ひとつ持ち出すことができなかった」

「そんな……」

辛いことを打ち明けた寅蔵の顔を見ることができず、おふゆは項垂《うなだ》れた。

卯の屋に行くと、いつも元気になれた。おりんの温かさ、寅蔵の優しさに触れるたびに、ほっとひと息つけた。大地震でなくしたものは文箱と画帖だけではなかった。大きな拠《よ》りどころも失ってしまった。

「でも、命は助かったんだ。有難いと思わないと」

実はさ、と声を落として寅蔵は言った。

「半月くらい前に、おせいさんが亡くなったんだ。少しも苦しまないで、眠るように死んだって、お袋から聞いた」

ああ、とおふゆは手で目を覆った。おせいは、おりんの友達だ。おせいに頼まれて、亡くなった一人娘を描いたことがある。震える手でお代を差し出されたことが忘れられない。

「……このひどい有り様を見なくて済んだのは、おせいさんにとって幸いだったかもしれないな。深川でも火事が出たらしいから」

「そうかもしれません……」

おふゆは手を離した。あたしは深川芸者だったのさと、誇らしげに話していた姿が目に浮かぶ。今は娘さんのそばにいるのだろう。やっと会えたねと笑い合って。

「深川の火事はひどかったんですか」

「さあ。詳しいことはわからない」

ごめんよ、と寅蔵は言った。

深川には国銀さんが住んでいる。無事に逃げられたのかしら。

両国橋で出会った役者たちは。浅草の芝居小屋は。大地震が起こったのは江戸市中だけだろうか。木曽《きそ》に戻った平太《へいた》さんはどうしているだろう。

「寅蔵さん、今はどこにいるの。わたし、何もできないけれど……」

困っていることがあるなら、助けになりたい。

「おれとお袋は、修業をしていた店にいるんだ。覚えてるかい、おすえちゃんのこと。おせいさんが目をかけていた子だよ」

「はい、覚えています」

「あの子、おすえちゃんって言うんだ。今じゃいっぱしの女中になってね、きりきり働いてる」

「……えらいわ」

可愛い顔立ちをしていたが、頬のこけた顔に目ばかり大きくて、盗み癖のある子だった。だが、おせいが親身に世話を焼いたおかげで、おすえは救われた。まっとうな道を歩むことができた。

「店の中じゃ、しっかり者で通ってるんだ。年上の女中にいじめられても、涙ひとつこぼさないらしい。だけど、おせいさんが死んだときは、たくさん泣いたそうだ」

誰が慰めても耳に入れようとせず、茶碗《ちゃわん》を洗いながら、廊下の雑巾がけをしながら、涙を流し続けたという。

「今は泣き言ひとつこぼさないで、おせいさんみたいに、しゃんと背筋を伸ばしてる。きっと、おすえちゃんにとって、おせいさんは、もうひとりのおっかさんだったんだろうな」

だから、泣いて泣いて、泣き切った。おせいとの思い出を胸に、前を向いて生きるために。

「……おれ、しばらくの間、おふゆちゃんには会えなくなるかもしれない」

おふゆは目を上げた。寅蔵の横顔が引き締まる。

「いつまでも、修業させてもらった店に居候するわけにはいかない。親父《おやじ》みたいに、棒手振《ぼてふ》りから始める。いつかまた店を開く」

その時は、とおふゆに顔を向けて言った。

「来年になるか、再来年になるのか、さっぱりわからない。必ず卯の屋を開くから、食べに来てほしい」

ええ、と力強くうなずいた。

「必ず行きます」

今度こそ約束を守る。

落ち着いたら、南天の実を描こう。仕上がった絵を持って、卯の屋に行こう。

「新しい店でも、夏になったらずんだ餅《もち》をこしらえるよ」

優しく笑いかける。

「おふゆちゃん、好きだろう」

寅蔵の目を見ながらうなずき、声を絞り出す。

「……はい」

大好きです。

四

おふゆを案じた寅蔵は、菓子屋に来ないかと言った。

「お袋からも、おふゆちゃんを呼んでこいって言われてるんだ」

「それはできません」

かつて修業していたお店に身を寄せているだけでも、寅蔵たちは肩身が狭い思いをしているはずだ。そこへ、見ず知らずのおふゆまで行ったら、どれだけ気を遣《つか》わせてしまうことか。

「横山町に行ってみます。師匠とおかみさんがいらっしゃいますし」

岩五郎もそこにいて、おふゆが来るのを待っているかもしれない。

そう言うと、寅蔵は納得したようにうなずいた。

「わかった。でも、何かあったら、いつでも来ておくれよ。お袋と二人で待ってる」

神田《かんだ》にある店の名前を告げた。

通り道だからと、寅蔵は横山町まで送ると言った。その申し出を有難く受け入れ、後ろ髪を引かれる思いで、瓦礫となった店の跡を離れた。

お夏の嫁ぎ先は被害を受けていないように見えた。看板が屋根から落ちて、軒下に立てかけてあるが、家屋はゆがんでおらず、亀裂《きれつ》もない。付近も同様で、火事に遭った店はなかった。

江戸市中でも、被害の差はこんなに大きい。おふゆは複雑な気持ちになった。

「ごめんください」

店の中へ入り、棚が空っぽになっていることに気がついた。よく見れば、土間には陶器の破片が落ちている。店の品物が棚から落ちて砕けたり、壊れたりしたのだろう。外から見ただけでは、被害の有無はわからない。

「まあ、おふゆちゃん」

お夏が奥から出てきた。おふゆに駆け寄り、手を取って涙ぐむ。

「みんなで心配してたのよ。うちの人とおとっつあんが米沢町まで見に行ったしね。元気なところを見たら、きっと安心するわ」

おっかさん、おっかさん。

奥に向かって、大声で呼びかけた。

「どうしたんだい、お夏……あら、まあ」

おなみが顔を出した。目をいっぱいに見開き、感極まって叫ぶ。

「おふゆちゃん、よかったっ。無事だったんだねっ」

その声を聞きつけて、どすどすと重い足音が近づいてきた。

「すまんかった、おふゆ」

顔を出したのは岩五郎だった。

「わしが手を放したばっかりに……」

大きな目が潤んでいる。額と頬には、赤い火傷の痕があった。

「岩さんこそ……」

無事を確かめられて安堵した。

「おふゆ、よく訪ねてきた」

姿を見せた国藤を見て、おふゆは息を詰めた。すっかり面やつれしている。工房の焼け跡を見たからだろう。

「師匠、申し訳ございませんでした」

膝に額がつくほど、深く頭を下げた。

「留守を預かっておきながら……」

あとは言葉にならない。胸がつかえて、涙が出そうになる。

「……お前のせいではない」

静かに言う。

「近くで火が出て、燃え移ったらしい。被害が大きくなるのは、紙を扱う者の定めだ。自分を責めることはない。頭を上げよ」

おふゆは身体を起こした。

「家が壊れても、絵が焼けても、命さえ助かればどうにかなる」

息災で何よりだ、と国藤は落ち着いた口調で言った。

「さっ、上がりな。お腹が空いただろう。何がいいかねえ。甘い物と、辛い物と」

おなみは、おふゆの手を取らんばかりだ。

「お腹は空いていません。寅蔵さんが、おむすびとお水を持ってきてくれたんです。何も食べていなかったから助かりました。ここまで送っていただいたし」

おやまあ、とおなみは往来に目を向けた。黙って控えていた寅蔵は、注目されると恥ずかしそうにお辞儀をした。

「若旦那、おふゆちゃんを送ってくれてありがとうございました。さあ、若旦那もこちらへどうぞ。お茶の一杯でも飲んで」

「そうやで、若旦那。休んでいったらええ」

岩五郎もしきりと勧める。

「いえ、とんでもない」

寅蔵は遠慮がちに断った。

「おれは失礼します。お袋に、おふゆちゃんが無事だったことを早く伝えたいので」

「そうかい、残念だねえ」

おなみは名残惜しそうな顔をした。

「若旦那、また来てくださいよ。あたしたちはしばらくの間」

声が小さくなる。

「……ここの土蔵にいるからさ」

行くところがないんだよ、と苦笑した。

おふゆが土蔵に通されると、お夏の夫と舅《しゅうと》、姑《しゅうとめ》が挨拶《あいさつ》に来た。

舅は幼い藤太郎《ふじたろう》の手を引き、姑はおくるみに包んだ赤ん坊を抱いている。孫たちが可愛くて仕方ないようだ。

「手狭なところで……」

「まことにむさくるしく……」

「座敷を使っていただいて構わないのですが……」

それぞれが申し訳なさそうに頭を垂れた。

店の奥には、家族だけではなく、奉公人の部屋もあり、手代や女中、小僧が寝起きしている。家屋に被害はなかったが、品物が壊れて大損をした。店を立て直すために、誰もがきりきりと動かなければいけない。

そこに、嫁の身内がいるのだから、互いに気を遣う。土蔵ならば人の目から遠いし、幾分か気遣いが減る。

「おふゆちゃん、どうかゆっくりして頂戴《ちょうだい》。ここには、誰も来ないから安心してね。うちの人はお店にかかりきりだし、私はお花《はな》にお乳をあげなきゃいけないし」

赤ん坊はお花と名付けられた。花が好きなおなみにあやかったのだろう。

「おっかさん。遠慮しないで食べてもらってよ」

どん、とお夏は大きな菓子鉢を置いて出て行った。土蔵の中には国藤とおなみ、岩五郎とおふゆが残され、顔を見合わせた。

「……お夏はん、ますます逞《たくま》しくなったのう」

大福に手を伸ばしながら、岩五郎が言った。

「これっ、おふゆちゃんが先だよっ」

おなみが岩五郎の手をぺちっと叩く。

「こういうわけだから、遠慮はなしだよ。でもね、お舅さんたちはああ言ってたけど、土蔵の方が安心なんだ」

　そうかもしれない、とおふゆは土蔵の中を見回した。

「頑丈な造りだし、火にも水にも強いから、何かあっても命を守れるんだ。……ただ、暗くて狭いけどさ」

　天井の近くに明かり窓はあるが、土蔵の中は薄暗い。家財道具をよけても、四人が身体を伸ばして寝るには少し窮屈だ。

「雨風をしのげるのだ。これ以上に有難いことはない」

　国藤が言うと、岩五郎もうなずいた。

「ほんまや。文句を言ったら、罰が当たるで」

　そう言いながら、二つ目の大福を手に取る。

　あら、とおふゆは岩五郎の身体に目を留めた。腕に包帯を巻いている。

「岩さん、怪我《けが》したんですか」

「これのことか」

　照れ臭そうに、袖を伸ばして包帯を隠した。

「夢中になって駆けてたら、どこかにぶつけて腫《は》れてしもうた。お夏はんに手当してもろうたんや」

ほんの夕べのことやのになあ、とため息をつく。

「天と地がひっくり返ったような大騒動や。あれから長い刻が経ったように感じるわ。ここは静かで、火の海の中を走り回ったのが嘘《うそ》みたいや」

「……本当だねえ」

おなみがしんみりと言う。

「昨日の今頃はね、お花を抱っこして大喜びしてたんだよ。みんなでにこにこ笑って、こんなに幸せなことはないって、あたしは思ってたのにさ」

しゅん、となって下を向く。

「おいしいご馳走《ちそう》をいただいてさ、いい気持ちでふかふかの布団に寝ていたら、あの大揺れだ」

家が舟のように揺れた。倒れることはなかったが、お夏の亭主は、奉公人とともに家と店の見回りをした。

「小間物屋は、その名の通りに細かくて小さなものを扱っているからね。紅入れやら、手鏡やら、土間に落ちて割れちまったんだよ。惜しいことをしたねえ。でもね、あのご亭主は大したもんだ」

用意ができたらいつでも店を開けられるように、壊れたり、傷ついたりした商品をすべて取り除《の》けた。そして、こういう時こそ商売人の見せどころだよ、と先頭に立ち、お救い小屋を訪ねた。

「ご贔屓にしてくださったお客様が困っていらっしゃるかもしれないって言ってね。蔵から米を出してきて、お救い小屋に置いてきたんだって」

お夏はいい人と一緒になったよ、と鼻を赤くして言った。

「ほんまにえらいお人や。わしなんて、お夏はんの身内でも何でもない。それやのに、いつまでおっても構わんと言うてくれた」

有難いことやで、と手を合わせる。

身代《しんだい》の大きさが、ゆとりをもたらしているのだろうか。いや、人に分け与えて何になると、知らんぷりをするお大尽もいるに違いない。

「ここに来るまでにな」

今度は岩五郎が話しはじめた。

わしは人の波から抜け出して、横山町に向かったんや。

このあたりは火事に遭わんかったから、人気《ひとけ》がなくて静かやった。通りは真っ暗で、頭の中の絵図を頼りに、目を凝らしながら歩いとった。

あれは、あと少しでお夏はんの家に辿り着くところやった。何かにつまずいて転びそうになったんや。

「痛いっ」

足元で若い男の声がしたから、わしは慌てて謝った。

「すまん。何も見えんから、ぶつかってしもうた」

「いえ、私こそ、こんなところにうずくまっていて……」

男は涙声やった。火事で家も身内もなくしたのかもしれん。

「いや、わしこそ……」

闇の中、ぶつかったあたりを手で探って仰天した。裸の身体に触れたからや。

「どないしたんや。追《お》い剝《は》ぎにでも遭うたのか」

「いいえ、そうではありません。今夜、私は吉原にいたのです」

男には、惚《ほ》れた遊女がいたんやと。そこそこ大きな店の跡取りやから、遊女を嫁にすることはできん。せめて身請けして囲いたい、それまで待ってくれと言うて、男はせっせと吉原に通っていたそうや。

その晩も仲睦《むつ》まじく床の中にいたら、あの大揺れや。男は下帯だけつけて、部屋を飛び出したんやと。

「こんなところで死ぬわけにいかない、私にはまだやりたいことがある。咄嗟《とっさ》に本心が出たんです。裸足《はだし》で大門まで走ったら、太い炎が噴き出していて、行き場を失った人たちが泣いたり喚《わめ》いたりしていました。遊女もいれば、客もいて、おろおろしている間にも火は燃え上がり、逃げる機会を失ったのです」

　焦ってあたりを見回したら、塀をよじ登って、お歯黒溝《はぐろどぶ》に飛び込む客がいたんやと。男も真似《まね》して、水の中に身を投げた。夢中で岸をよじ登り、一目散に逃げる途中で、やっと思い出したんやて。

「すまない、浦里《うらさと》」

　恋い焦がれた女の顔が浮かんで、泣きながら走ったと言うとった。

「自分を責める男が気の毒でな。わしは、裸の肩をぽんぽんと叩いて離れたんや」

　夜が明けてから、馴染《なじ》みの飛脚屋を訪ねてみた。

「あそこにはいろんな知らせが入るからの。吉原の火事を知っとるやつもおった」

　岩五郎の声が低くなる。

「逃げ遅れた遊女が何百人も死んだそうや。みんな、浄閑寺《じょうかんじ》に葬られるんやと」

その寺は亡骸の引き取り手がなく、若くして命を落とした遊女たちを埋葬してきた。

「生きとる間は地獄やったけど、今は土の中で眠っとる。いや、魂は空の上やな」

岩五郎は大きな目を瞬《しばた》いた。

「……国銀さんはどうしていますか」

深川が大火に見舞われたことを寅蔵から聞いた。

「国銀はんも無事やで。日本橋の実家に身を寄せとる」

弟子を案じた国藤が訪ねたら、国銀が姿を見せた。国藤に丁重に礼を述べ、神妙な顔をしていたという。実家にいることが心苦しいのかもしれない。

「おふゆはどうしとったんや。どこで夜を明かした」

岩五郎に問われ、芝に行き着いたことを話したが、子どもを亡くした母親のことは言えなかった。悲痛なすすり泣きが耳に残っている。

「そうかい、芝まで行ったのかい。大変だったねえ」

おなみは湿っぽい声で言った。うむ、と国藤も額に皺《しわ》を寄せる。

「それだけ無我夢中だったんやろなあ」

「はい。わけがわからないまま、人の波に流されていました」

夕べのことを思い出すと身体が震える。温かいお茶を飲みながら、おふゆは思った。

誰かがそばにいてくれるだけで心強くなる。

「……おふゆちゃん、ちょっといいかしら」

お夏が土蔵に顔を出した。困ったような顔をしている。

「何だい、お夏。どうかしたのかい」

「店に男の人が来たんだけど、様子が変なの。お客様じゃなくてね、おふゆちゃんに会わせろって言うのよ」

おなみの顔色が変わった。

「怪しいやつだね。なんでおふゆちゃんがここにいることを知ってるんだい」

「私もそう思ったの。だから、知りませんって言ったんだけどね、その人、ちっとも引かないの。しまいには、会わせるまでここを動かないって、啖呵《たんか》を切るのよ」

手代に頼んで逃げてきたの、と言った。

「わたし、会ってみます」

お夏さんに迷惑をかけるわけにいかない。

「いいんだよ、おふゆちゃん。放っておきな。お夏、若い衆に頼んで、さっさと追い出しちまえ」

おなみの鼻息は荒い。

「わしが行くわ。ぶん殴ってやれば、言うこと聞くやろ」

岩五郎は袖をまくって力こぶを作ったが、痛たたたと顔をゆがめた。

「平気です。それに、心当たりがありますから」

そんな無茶を言うのは一人しかいない。

すると、

「こんなところにいたのかい。こっそり探った甲斐があったぜ」

矢助《やすけ》が現れた。

「おふゆちゃん、知ってるの」

「はい。両国橋で読売《よみうり》を売っている方です」

矢助に違いないと思ったので、おふゆは驚かなかった。

「読売ですって」

お夏は眉《まゆ》をひそめた。あんな胡散臭《うさんくさ》いもの、と小声で言った。

化け物が出ただの、子どもが犬になっただの、嘘八百を並べて売るものと思われ、読売を信用しない者は多い。

お夏の白い目を矢助は気にしない。

「店が焼けてたからな、どこに行ったのかとあちこちを探し回ったんだぜ。ここしかねえと、見当をつけた俺は知恵者だな」

「嫌だわ、気味が悪い」

お夏は矢助を睨《にら》みつけた。

「一体、何の用だ」

国藤は尖った視線を矢助に向けた。

「そうやで。話によっては、わしの右腕が黙っとらん」

岩五郎は袖をまくってみせたが、ぐるぐる巻きの包帯が露《あら》わになり、あまり強そうには見えない。

「用があるのは、ほかでもありません。そこにいる冬女さんです」

えっ、とおふゆは怪訝《けげん》に思った。矢助に号を呼ばれたことは一度もない。

「けれど、師匠にお伺いを立てるのが先でしたね。申し訳ありませんでした」

いきなり矢助が頭を下げたので、呆気《あっけ》にとられた。

「師匠、どうかお願いします」

「何が望みだ」

国藤が尋ねると、矢助は顔を上げた。

「俺は、冬女さんに読売の絵を描いてもらいてえんです」

おなみは素っ頓狂《すっとんきょう》な声を上げた。

「読売だってえ」

あんた、正気かいと叫んだ。

「よりによって、とんでもないことを言い出すね」

まったくだわ、とお夏もうなずいた。

しかし、国藤は顔色を変えることなく、再び矢助に聞いた。

「どうしても読売の挿絵を描かせたいのか」

「はい。その通りです」

矢助の姿勢は低い。

国藤は腕組みをした。おふゆに視線で尋ねる。お前はどうしたいのか。

おふゆは小さく首を振った。

今の江戸市中を絵にするなんて、わたしにはできない。

絵師になると志した日から、決意が揺らいだことはなかった。しかし、今は自らの無力さを痛感している。

——こういう時は飯なんだ。菓子じゃ力が入らない。

寅蔵とまったく同じ気持ちが胸の中にある。

絵では空腹を満たせない。読売を出しても、見向きもされないだろう。

国藤は矢助に言った。

「佐野屋へ行きなさい。あの店なら多くの伝手《つて》を持っておる」

それは、絵を描けということなのか。

「師匠、でも」

「岩五郎」

おふゆの言葉を遮り、国藤は岩五郎に目を移した。

「佐野屋まで送ってやりなさい。かような世情では、何かと物騒だろう」

「へい。どこへでも行きまっせ」

だが、岩五郎は火傷を負っている。

「岩さん、無理ですよ。今は大人しくした方がいいです」

おふゆは止めたが、岩五郎は笑った。

「こんなもん、どうってことあらへん」

また袖をまくろうとする。

「心配はご無用です」

矢助が口をはさんだ。

「俺が冬女さんを佐野屋まで送り届けます」

「せやかて」

「まあ、待て」

むきになる岩五郎を国藤が止めた。矢助の顔をじっと見据えたあとに、

「任せたぞ」

おふゆを託した。

五

佐野屋へ向かう途中、おふゆと矢助は無言だった。

空にお天道様は出ているが、気持ちは晴れない。時折、地面が揺れて、そのたびにおふゆはしゃがんで手をつき、矢助の表情は険しくなった。揺れは大きくなくとも、地震が続いていることに不安が募る。

日本橋を渡り、京橋に向かう道を歩きながら、昨夜の老婆が思い出された。火消しの息子さんと、無事を確かめ合うことはできただろうか。

「こりゃ、ひでえな」

矢助がつぶやく。

街は焼き尽くされ、黒い残骸《ざんがい》を晒《さら》している。燃え残った鍋《なべ》や釜がごろりと転がっており、ここに人の暮らしがあったことを示している。

焦げた柱を持ち上げている男は、そこにあるはずの家財道具を掘り出そうとしているのか。額に汗を浮かべ、歯を食い縛って柱を取り除《の》けている。

青白いものが目につき、じっと見つめておふゆは悲鳴を上げた。それは、瓦礫の下から伸びている腕だった。細い手首は女のものだ。這《は》い出そうとして力が尽きたのか、五指を虚空に向けたままだ。

まだ細い煙が立ち上っている瓦礫からは、脂を焼く臭《にお》いがした。おふゆは袖で鼻を隠し、急いで通り過ぎた。

「……亡骸が燃えてるのかもしれねえな」

矢助の独り言に耳をふさぎたくなる。

顔を伏せて歩いていたが、ふと呻《うめ》き声が聞こえたような気がして足を止めた。

「どうした」

矢助が振り向き、立ち止まる。おふゆが耳を澄ませているのを見て、あたりを鋭い眼差しで見回した。

「……うう」

たしかに聞こえた。この近くのどこかで、人が埋もれている。

おふゆと矢助は顔を見合わせた。息があるなら、助けねば。二人は瓦礫の間を捜し歩いた。

しばらくして、

「おおいっ、ここだ。じいさん、しっかりしろよっ」

矢助が声を上げた。

振り返ると、矢助は柱を動かそうとしていた。すぐに駆け寄り、手を貸した。

埋まっていたのは、髷《まげ》が真っ白な年寄りだった。瓦礫の間から蠟《ろう》のような顔だけが出ていた。口の端には血がにじみ、髷は砂にまみれている。眉間《みけん》には深い皺が刻まれ、目を固く閉じていた。

「でえじょうぶか」

矢助が声をかけると、年寄りはかすかにうなずいた。

「柱をどけますからね。しっかりしてください」

励ましながら、矢助を手伝った。だが、柱だけではなく、屋根の梁《はり》も身体を押さえつけている。おふゆの額に汗が浮かんできた。

「……お若いの……」

うっすらと目を開けた。

「じいさん、喉が渇いただろう。飲みな」

竹筒を取り出し、栓を抜くと口元に近づけた。しかし、年寄りの口に水は入らず、顎を濡らした。矢助が手拭いで拭くと、口の端についていた血の痕が消えた。

年寄りは矢助を見上げた。

「血がたくさん出た。……だんだん……ぼうっと……」

顔色が蒼白《そうはく》になる。

「助けを呼んできます。だから、もうしばらく辛抱してください」

おふゆが言うと、年寄りは微笑した。

「もう、いい」

ありがとう、とつぶやく。

「……一人で、このまま死ぬつもりじゃった。……最後に、こうやってあんたたちに会えた……」

年寄りのまぶたがゆっくり落ちる。

「ばあさんが……」

「じいさんっ」

矢助が大声で呼びかけたが、それきり、年寄りの口は動かなくなった。眉間が開き、穏やかな表情に変わる。

「なんでえっ、連れ合いが迎えに来たってことかい」

ちくしょうっ、と矢助は喚いた。

おふゆは白い鬢の砂を手で払った。せめて花を手向けてあげたいけれど、焦土には草一本すら生えていない。

二人は立ち上がり、頭を垂れて合掌した。矢助は眉根に皺を寄せて目を閉じた。

やがて、目を開いて背筋を伸ばすと、

「……誰かに看取《みと》られると、人は安心するのかもしれねえな」

ぼそりと言った。

――ばあさんが……。

年寄りが最期に残した言葉が、おふゆの胸に染み渡る。

家の下敷きになり、助からないことを覚悟しながらも、一人で死ぬことは恐ろしい。苦痛にゆがんだ顔は、痛みだけではなかっただろう。たくさんの血が流れ、頭の中がぼんやりしてくる。けれど、息を引き取る間際に救われた。

おじいさんの目には、手を差し伸べてくれるおばあさんが見えたんだ。

「わたしは……」

おふゆは考えた。

この世を旅立つときに、誰を拠りどころとするのだろう。自分につながる人たちを思い浮かべる。

「おい、行くぞ」

突っ立ったままのおふゆを、矢助は叱咤《しった》した。

「つれえことだが、このじいさんだけじゃねえんだ」

「いえ」

立ち去りがたいと思われたらしい。

「ひっそりと死んじまった亡骸は江戸市中にたくさんある。あんたのやるべきことは、一人一人を葬ることじゃねえだろう」

きつい眼差しをおふゆに向けた。

「描くんだ。あんたには、それができる。そのために、俺はわざわざあんたを捜して、あの土蔵から引っ張り出したんだ」

おふゆは顔を上げた。矢助を見据える。

「忘れるな。残せ。見たこと、聞いたこと、すべてを紙に写せ」

「紙に写す……」

焼かれた家、潰された人。崩れ落ちる轟音、いまわの際の絶叫。目を背けて、耳をふさぎたくなるような光景を描けと言うのか。

「そうだ。そして、俺はその絵を売る。遠くの客まで聞こえるようにな、声を朗々と張り上げるんだ」

俺にしかできないと胸を張る。

しかし、おふゆはうなずくことができない。

「ちっ、行くぞっ」

頑《かたく》なな表情のおふゆに、矢助は舌打ちした。

「ここでもたもたしてたら、日が暮れちまう」

二人は歩き出した。矢助が先を行く。無言で、ひたすら三島町を目指した。

芝口橋を渡ると、汐《しお》の匂いが濃くなった。おふゆはほっとした気持ちになり、深く息を吸った。家が焦げる臭いより、ずっといい。

三島町に足を踏み入れると、矢助は前を向いたまま言った。

「こんな時にも金儲《かねもう》けかと呆《あき》れてるんだろうな」

矢助の問いに、おふゆは黙っていた。

「そうじゃねえんだ。こんな時だからこそ、読売が求められるんだ。金のためだけに、俺はここまで来たんじゃねえ」

矢助の声が大きくなる。

「役者をやめてから、俺は何百枚もの読売を売ってきた。さっきの女みたいに白い目を向けられたり、鼻で笑われたことは何度もある。けどな、金のためだ、食っていくためだ。俺は、売れると思った読売は絶対に逃さねえ。面白おかしく語って売りさばいてきた」

だがな、と語気が強くなる。

「身体が震えるほど読売を売りたいと思ったのは初めてだ」

おふゆは、前を急ぐ矢助の後ろ姿を見つめた。

今までの矢助さんとは違う。世の中を斜めに見て、皮肉ばかり口にしていたのに。真摯《しんし》な口調を信じてもよいのだろうか。

「矢助さん、変わりましたね」

そう言うと、矢助は立ち止まった。振り返り、大きく開けた目をおふゆに向ける。

「俺が変わった……」

いや、違う。

「変わらざるを得なかったんだ」

矢助は呻《うめ》くように言った。

六

佐野屋の前に立ったとき、おふゆは思わず涙ぐんだ。

看板は傾いておらず、戸にも柱にもゆがみはない。屋根瓦は一枚もずれることなく、おふゆの知っている佐野屋がここにある。

「これはこれは、冬女さん」

手代が出てきたが、矢助を見て訝《いぶか》しげな顔をした。

「突然お伺いしてすみません。あのう、佐野屋さんはいらっしゃいますか」

おふゆが尋ねると、今すぐにと言いながら手代は奥に引っ込んだ。

間もなく店主の喜兵衛が現れた。おふゆを見るなり、相好を崩して近づいた。

「冬女さん、ご無事でしたか」

その声は震えている。

喜んでくれる佐野屋を見て、おふゆは胸がいっぱいになり、ありがとうございますと頭を下げた。

「それで、こちらの方は」

佐野屋は笑みを消し、矢助に目を向けた。その眼差しは厳しく、矢助を検分するように見回している。

「あの、実は」

おふゆが話そうとしたら、

「いや、いい」

矢助は手で制すると、往来に土下座をした。

「お願いいたします。俺に読売を出させてくださいっ」

顔を伏していても、よく聞こえるほどの大声で繰り返す。

「どうか、どうか」

おふゆは、矢助と佐野屋の顔を交互に見比べた。手代はびっくりして、目を丸くしている。

佐野屋はまったく動じない。

「立ちなさい。話ができません」

顔を上げた矢助を、佐野屋は冷ややかな目で見下ろした。

「私は何十年もこの商いをやっています。そんなことをされても、何とも思いません。

絵を描けないと逃げまくる絵師や、金を払えないと開き直る同業者が、私の目の前で土下座するのを何度も見てきましたからね」

観念したように矢助は立ち上がり、裾の埃を払って佐野屋と向かい合った。

「お名前は」

「矢助と申します」

そうですか、と佐野屋はうなずいた。

「あなたの声には覚えがあります。両国で読売を売っていましたね。その前は浅草の芝居に出ていたのではないですか」

矢助の顔に驚きの色が浮かぶ。視線が泳ぎ、声も出せないほどうろたえている。

佐野屋の目元がやわらいだ。

「ゆっくりお話を伺いましょう」

二人を店の奥に通した。

おふゆが座敷に通されたのは初めてだ。

佐野屋は床の間を背にして座る。掛け軸にかけられている絵を見て、おふゆは声を上げそうになった。

黄金色の簪《かんざし》を髪につけ、しなやかな指で扇子を持つ女の絵。その背後には影が広がっている。お栄が描いた肉筆画を、佐野屋は自分のものにしていた。売るのが惜しくなったのか、もとから部屋に飾るつもりだったのか。

お栄さんはどうしているだろう。

佐野屋におずおずと顔を向けた。すると、佐野屋は小さく頭を振った。まだ安否を確かめていないのだ。おふゆは目を伏せた。

「それで、話というのは」

「はい、実は」

手代が淹《い》れたお茶を飲んでから、矢助はひと息に話した。

懇意にしている店が焼けてしまったこと。しかし、自分はどうしても読売を出したい、この有り様を伝えたいということ。

「東海道、南海道だけじゃなかった。とうとう江戸市中でも大地震が起きたんです。これは尋常なことではありません」

読売を通して、広く知らしめる。今の世だけではない。摺《す》り上がった読売を残せば、後の世にも伝わる。かつて江戸に大地震が起きたことが。

「どうか力を貸してください」

矢助は畳に手をついた。

「歌川国藤師匠から、こちらにお伺いしろと言われました。今の俺に、ほかに頼れるところはありません」

「そういうことですか。国藤師匠のお頼みならば無下にすることはできませんね」

佐野屋は思案したのちに言った。

「わかりました。明日、午《うま》の刻にここへ来なさい。すべてを用意しておきましょう。無論、費用についても請け負います」

矢助の目が明るくなった。

「恩に着ます」

額を畳に押しつける。

「ただし」

はっとして、矢助は首を起こした。

「どのような絵を描くのかは、私に任せていただけますね」

矢助はためらう素振りを見せたが、潔くうなずいた。

「お任せいたします」

ふうむ、と佐野屋は小さく唸《うな》る。

「存外、賢いお方のようです。よろしい。万事都合をつけましょう。今日のところはお帰りなさい」

明日の午の刻に、と矢助は繰り返して佐野屋を辞した。

「さて」

座敷で二人きりになると、佐野屋はおふゆと向き合った。

「冬女さんには鯰絵を描いていただきます」

「なまずえ……」

「はい、ご存知ですか」

いいえ、と首を横に振る。

佐野屋は床の間の天袋を開けて、文箱を取り出した。畳の上に置き、おふゆの前で蓋を取る。中には、一枚の摺絵が入っていた。

阿弥陀如来《あみだにょらい》と一人の女、それから地下足袋《じかたび》をはいて人間に模した大鯰の図だ。

「弘化《こうか》四年（一八四七）三月に、信州で地震が起きたのですが、善光寺《ぜんこうじ》は多くの人を救ったと言われています」

黄金色の衣をまとった阿弥陀如来は、大鯰の長い髭をつかんでいる。髪に赤い簪を挿した女は憎らしげに大鯰を睨む。大鯰は諸肌《もろはだ》を脱いで片膝をつき、ぞろりと白い歯を剝き出していた。

おふゆの目が大きく見開いた。魅入られたように鯰絵を見つめる。ほんのりと頰が上気して、口の端が小さく上がった。大鯰を退治している阿弥陀如来、「ちくしょう」と言わんばかりに、大きな口をゆがめた大鯰。滑稽《こっけい》な図柄から目を離せない。

「鯰は地震を引き起こすと言われています。この鯰絵は、阿弥陀如来が大鯰を懲らしめている図です」

善と悪が見事に分かれているでしょう、と言った。

「鯰と神仏は縁が深くて、よく引き合いに出されるのですよ。鹿島《かしま》神宮の要石《かなめいし》はとりわけ有名で、鯰の悪さを防ぐ神様と信じられています。要石に押さえつけられている鯰の絵はたくさんあります」

おふゆは黙って耳を傾ける。

「早く出したいので、色摺りはしません。墨一色です。鯰は真っ黒ですから、描きやすいかもしれませんね」

画帖に鯰を描いたことはある。焼けてしまったが、頭に残っている。丸っこい頭も、長い胴も描くことができる。腕は覚えているはずだが、疑いの念を払えない。

浮かない顔つきのおふゆに、佐野屋は尋ねた。

「冬女さんの中に重しがあるようですね。何を気にかけているのですか」

ためらいながら、胸の底にあるわだかまりを打ち明けた。

「こんな時に読売を出して、誰が喜ぶのでしょう。わたしにはわかりません」

佐野屋は湖面のように静かな目をして言った。

「そう思うことこそが傲《おご》りです。もとから、絵師も板元も大した力を持っていません」

おふゆを見据える。

「人は、腹が膨れたら心を満たすものが欲しくなるのですよ」

頰を張られたように感じた。

――描くんだ。あんたには、それができる。

矢助の声が重なった。

「……筆を貸してください」

畳に手をついた。

おふゆは奥の一室を与えられた。

遠くの部屋で、おすずの声がした。おねえちゃんに鳥の絵を描いてもらうんだと。

駄々をこねるおすずをたしなめているのは母親だろう。やがて、二人の声は遠のき、静寂がおふゆを包み込んだ。

行燈には油がたっぷり入っている。火は、人を温めるだけではない。強大になって牙《きば》を剝き、人に襲いかかることもある。けれど、火を使わずには暮らせない。恐ろしさを乗り越え、上手《うま》く扱わねばならない。

今はまだ、行燈の明かりが怖い。胸に刃を忍ばせ、気持ちを奮い立たせる。

黒い毛氈の上に半紙を置き、目を閉じる。使い慣れた青い毛氈は失われてしまった。墨は長く、真新しい。筆も、絵皿も、おふゆのものは何もない。

だが、身体は残った。生きてさえいれば、新たな絵を生み出すことができる。

暗闇の中に、焦土となった江戸の街がまざまざと甦る。忘れたくても、忘れることはできないだろう。心に突き刺さった光景は消えない。

——ごめんよう、ごめんよう。

頭の中で同じ言葉が繰り返される。いつしか鯰の声になる。

——ごめんよう、ごめんよう。おいら、なんで鯰なんかに生まれちまったんだろう。

浅草も大火に見舞われたと聞いた。お栄さんは無事だろうか。

おふゆの脳裏に、お栄の絵がありありと立ち上る。石灯籠の足を包み込む夜の闇。女の背後に浮かぶ影。しなやかな指先は本物みたいで、思わず自分の手を見た。

本物。その言葉に囚《とら》われている。

「わたしが描きたいものは」

心の中を見つめ直す。思いを巡らせ、まぶたに浮かんだものをつかみ取る。

長い刻が過ぎたあとにようやく目を開け、筆を執った。

まずは、半紙に鯰の身体を描く。墨でべったり塗ったら、禍々《まがまが》しくなりそうだ。

――善と悪が見事に分かれているでしょう。

佐野屋は言った。

そうだろうか。鯰は悪さをすると、決めつけたのは人間だ。おふゆは思う。もしも鯰に心があったなら。罪深さを嘆き、涙を溜めた目で空を仰ぐだろう。

目も口も、まだ描かない。描いてしまえば、表情が決まる。人間の敵なのか、それとも味方なのか。鯰の顔で明らかになる。

色摺りはしないと、佐野屋は言った。墨で塗りつぶすのは鯰の身体と、人の髪だけ。色を使えない分、着ているものを工夫する。縞《しま》に絣《かすり》、格子に花模様。

筆を動かしていると、焦土に晒されていた亡骸が次々と浮かんでくる。水面に漂う背中、突き出た白い腕。生涯、頭から消えることはないだろう。

行燈の芯《しん》が揺らぎ、油の匂いがした。京橋で嗅《か》いだ焦げ臭さを思い出す。あれは、家が焼けた臭いだけではなかった。髪や肉が焦げた臭いも混じっていた。

家は、失われても建て直せる。やがて新たな街となる。だが、命は帰ってこない。現世で息を吹き返すことはない。

痛かっただろう、熱かっただろう。叫んでも助けは来ない。心細くて泣きたかっただろう。

ぽつんと、涙が紙の上に落ち、大龕の輪郭がにじんだ。濃く磨った墨でなぞっても誤魔化しようがない。二つに裂いて反古にする。

なんて、贅沢《ぜいたく》な。一枚を描き上げるのに、どれだけの紙を無駄にするのだろう。

――火事見物が好きなのさ。

――罰あたりだね。あたしみたいな人間は、ろくな死に方をしないよ。

口元をゆがめてお栄は笑っていた。

反古の山に心が痛む。工房に積んであった紙の多くは、手つかずのまま灰になった。いつの日か、わたしに天罰が下る。

「……仕方ない」

描かない道は歩めない。

おふゆは涙を拭いた。左手で頰を叩く。ひたすら、心に浮かぶ龕を捕らえようとする。

鯰の目が肝心だ。人のように心を持つ鯰なら、虚ろな目はしていない。

お栄の真似をして、本物らしい絵を画帖に描き続けたことがある。丸くて、黄色い頭の金糸雀《かなりあ》は画帖に何羽も描いた。すべて燃やし尽くされたが。

芯は写真《しょううつし》かと尋ねたら、お栄は「何だい、それは」と聞き返した。言葉を知らずに、お栄は本物らしい絵を描いていた。若い頃に知った異国の絵を自らの芯として。

「わたしの芯はおっかさんだ」

母親を亡くして悲しかった。しかし、紙の上に生前の姿を描いたら、おふゆの心は軽くなった。ここにおっかさんがいると思えた。

これから描く絵は、絵空事だと切り捨てられるかもしれない。

けれど、心の中にある、わたしが描きたい絵だ。


筆を置いたのは夜明け前。行燈の明かりを消す。墨は半分の長さになっていた。水で薄めて、ぼかしを入れることもせず、濃淡のない平らな絵となった。人の手や足の指には爪がない。鯰は家のように大きくて、人間みたいな顔つきだ。

できるだけ多くの人たちを描くために、その姿形を簡素にした。だが、一人一人の特徴は異なる。髪型や目鼻立ちをしっかりと描き分けた。

——どうか、お救いください。

両手を合わせて大鯰に祈りを捧げた。

障子に白い光が差し、膝元《ひざもと》におぼろな影が落ちる。おふゆは背筋をまっすぐにしたまま、描き上げた絵を見下ろしていた。

「できましたか」

佐野屋が襖の向こうから声をかけた。

「はい」

おふゆが返事をすると、佐野屋は部屋に入ってきた。

鯰絵を渡すと、佐野屋は厳しい眼差しで検分した。おふゆは息を凝らしてじっと待つ。

やがて、佐野屋は目を離し、

「魂を慰める絵ですね」

ただちに彫師に渡します、と言った。

おふゆは、亡くなった人たちを背に乗せた大鯰を描いた。大鯰の頭の上にいるのは、神社で見た男の子だ。目を輝かせて笑っている。腕にも足にも火傷の痕はない。

背を向けて堀に浮かんでいた男、腕を伸ばして事切れた女。

それから、家の下敷きになったおじいさん。口元に微笑を湛《たた》え、穏やかに目を細めている。最期にその目に映ったのは瓦礫の山でも、煙でくすんだ空でもない。迎えに来たおばあさんの姿だ。

吉原で働いていた女も描いた。自分とそう変わらない年頃だけに、派手な着物姿を描くのは辛かった。

けれど、

――魂は空の上やな。

岩五郎が言ったことを真実にしたかった。

鯰は、白い歯を見せて笑っている。すべての魂を背負い、天に向かう。

「……茶化しているように見えませんか」

おふゆが聞くと、佐野屋は問い返した。

「どうしてそんなことをおっしゃるのですか」

「写真ではないからです」

そのまま描いたら、酷《むご》い絵になる。どうしても、本物らしい絵を描くことができなかった。

なるほど、と佐野屋はうなずいた。

「お栄さんの絵が気になるのですね」

すっかり見透かされていた。決まり悪げに顔を伏せる。

「真似をして学ぶことは大切です。けれど、お栄さんは一人で十分です。二人もいりません」

わたしはお栄さんになろうとしていたのか。闇と影を描いて、本物らしく仕上げる技に取り憑《つ》かれ、自分らしさを失おうとしていた。

「お忘れになりましたか。善光寺の鯰絵を見せたことを。冬女さんの目には、阿弥陀如来を茶化しているように見えたのですか」

いいえ、と答える。

面白いと言ったら、不謹慎かもしれない。だが、吸い込まれるように鯰絵を見た。

「それでいいんです。描いて出したら、あとは見る者にゆだねましょう」

もう一度、佐野屋は鯰絵を見渡した。その目には、うっすらと涙がにじんでいる。

「実に冬女さんらしいですね。描きたいものを描けたのではないでしょうか」

わたしらしい絵、わたしが描きたい絵とは。

亡くなった人を悼み、遺《のこ》された人を労《いたわ》る絵。

大地震で命を落とした人たちのために、おふゆは物語を作り上げた。

それから二日後。
復興に向けて、江戸の街は目まぐるしく動いていた。
食べ物を売る棒手振りが行き交い、大工が柱に釘《くぎ》を打つ音が鳴り響く。焼け跡には、
四方を筵《むしろ》で囲っただけの簡素な住まいもある。
両国橋の袂《たもと》では、矢助が編笠《あみがさ》をかぶらずに鯰絵を売っていた。月代《さかやき》を隠すように、
手拭いを頭の上からだらりと垂らしている。
「さあさあ、皆の衆ご覧じろう。お江戸に大鯰が現れた。しかも、空飛ぶ大鯰だ」
顔を晒して声を張る。相方の姿はなく、一人きりだ。

安政《あんせい》二《に》乙卯年《きのとうどし》　十月二日　亥《い》の刻
江戸で大地震　はたして大鯰の仕業か
否　大鯰は空を飛ぶ　大地を離れ　天高く

興味を持つ者は少なくない。あっと言う間に、矢助は取り囲まれた。
「なかなか面白い絵だね。鯰にたくさんの人が乗ってるなんてさ」

濃茶の縞を着た中年の女が声をかけてきた。掲げられた読売から目を離さない。

矢助は女に笑いかけた。

「へえ、この鯰はそんじょそこらの鯰とは大違いでして。こないだの大地震で亡くなった人の魂を、空高くへと導く大鯰です。粋《いき》な姐《ねえ》さん、一枚いかがですか」

愛想笑いに気をよくしたのか、女の口元がほころぶ。

「ふうん。いい男にそう言われたら買う気になるね」

一枚おくれ、と銭を払った。手にした読売をじっと見つめる。

「この娘は妓《ぎ》楼《ろう》にいたのかね。派手な身なりをしているよ」

立ち去り際に小声で言った。こんな風に、今は笑ってるといいね。

「おい、読売。あっしに一枚」

「わたしにも頂戴」

「へいへい、毎度ありい」

忙しく銭と読売のやり取りをしているところへ、初老の男が横から口を出した。

「なんでえ、鯰なんて悪いやつじゃねえか」

男の額には深い皺が刻まれている。股引《ももひき》は汚れ、裾がすり切れていた。

「鯰のせいで、江戸がこの有り様だ。そんなものを売るなんざ、とんでもねえ」

悪態をつく男に、頭を手拭いで包んだ女が言った。

「よく見な。この鯰は違うよ」

男の目の前に読売を突きつける。

「みんな、笑ってるじゃないか。この鯰はね、死んだ人たちを救ってくれたんだ」

女に気圧《けお》されて男は後じさり、ぶつぶつ文句を言いながら離れていった。

「兄さん、気にするんじゃないよ。いろんな人がいるからね」

「へいっ、ありがとうごぜえやす」

矢助は女に頭を下げた。震える口元を強く引き締める。顔を上げる前に、目の端を手拭いで拭いた。

俺にもくれ。あたしにも。たちまち無数の手が伸びる。

「押さねえでくだせえ。たくさん摺ってありやす」

矢助は軽快に売りさばく。

「……このばあさんはお袋にそっくりだ」

「本当だ。おめえのお袋さんによく似てるぜ」

人の輪から離れたところで、二人の男が顔を寄せ合っていた。その手には、大鯰が描かれた読売がある。

二人とも半纏《はんてん》を着て、紺の股引に黒足袋をはいている。足元には道具が入った袋を置いていた。これから普請に向かうのだろう。

一人が、読売をつくづくと眺めて言った。

「お袋は辛抱強くてな、死んだ親父にはさんざん苦労させられた。やっと楽をさせて
やれると思ってたのによう……」

日に焼けた顔をうつむけた。広い背中が小刻みに震えている。

「めそめそするんじゃねえよっ。空の上からお袋さんが見てるんだぜ」

大声で励まされ、下を向いていた男は背中を伸ばした。

「そうだよな。お袋に会いに行くまで、精一杯生きねえとな」

読売を丁寧に畳んで懐に入れた。手拭いをぎりぎりと固くねじり、鉢巻きにする。

二人は袋を背負うと、浅草御門に向かった。その足取りは軽い。

「さあさあ、聞いとくれ……」

張りのある声に誘われて一人、また一人と立ち止まり、珍しそうに大鯰を眺める。

おふゆは矢助の声に背を向けた。両国橋から遠ざかる。

横山町に向かう途中、雀の囀《さえず》りに気がついて足を止めた。頭を上げて姿を探すと、
焼け残った家の屋根に三羽の雀が留まっていた。

高いところを飛んでいるのは鷹《たか》か、鷲《わし》か、それとも鳶《とんび》か。一羽で、ゆうゆうと空を渡って行く。その眼《め》に、人の世はどう映るのか。

——どんな世の中になっても、わたしは描き続ける。

吹く風は冷たいが、胸には熱い灯《ひ》が点《とも》っていた。

本書は、ハルキ文庫（時代小説文庫）の書き下ろし作品です。

時代小説文庫
も5-4

夜《よる》の金糸雀《かなりあ》 おくり絵師《えし》

著者 森《もり》 明日香《あすか》
2024年12月18日第一刷発行

発行者 角川春樹

発行所 株式会社 角川春樹事務所
〒102-0074 東京都千代田区九段南2-1-30 イタリア文化会館

電話 03(3263)5247[編集] 03(3263)5881[営業]

印刷・製本 中央精版印刷株式会社

フォーマット・デザイン＆シンボルマーク 芦澤泰偉

ISBN978-4-7584-4683-9 C0193
http://www.kadokawaharuki.co.jp/[営業]
fanmail@kadokawaharuki.co.jp[編集] ご意見・ご感想をお寄せください。